KB263718

신 나는 열두 달

명절 이야기

 **3학년 2학기 국어**
2. 이렇게 하면 돼요.
〈추석과 송편에 관하여 생각하기〉

 **3학년 1학기 사회**
3. 고장의 생활과 변화
(2) 지혜를 담아 온 생활 도구
(3) 옛날과 오늘날의 여가 생활

3학년 2학기 사회
3. 다양한 삶의 모습
(2) 변화하는 전통 의례
(3) 세계 여러 나라의 명절과 기념일

4학년 1학기 사회
1. 우리 지역의 자연 환경과 생활 모습
(1) 우리 지역의 자연 환경
(2) 우리 지역의 생활 모습

1학년 2학기 슬기로운 생활
3. 함께 하는 한가위

신 나는 열두 달 명절 이야기

우리누리 글 • 김병하 그림

주니어중앙

어린이가 꿈을 키우는 터전

꿈 많은 어린 시절엔 장대한 역사와 위대한 문화유산에 관한
책을 읽는 것이 좋다.
거기에는 어린이가 꿈을 키우는 터전이 있기 때문이다.
감수성 예민한 어린 시절엔 흥미로운 그림을 통하여
재미있게 이야기를 풀어간 책이 좋다.
그것은 시각적 인식을 통해 어린이의 상상력을 자극하기 때문이다.
『오십 빛깔 우리 것 우리 얘기』는 이런 필요조건을 갖춘
고급 어린이 교양도서라 할 만한 것이다.

유홍준
(전 문화재청장, 현 명지대 교수,
『나의 문화유산 답사기』 저자)

이 책을 추천해 주신 선생님들

● 전래놀이, 풍속과 관련된 수업에 활용하고 있습니다. 옛 풍속과 관련해서 요즘에는 잘 사용하지 않는 용어들이 있어서 아이들이 어려워하는데, 이 책에는 사진 자료와 함께 쉽고 정확하게 설명이 되어 있어 아이들이 이해하기 쉽게 되어 있습니다.

— 손영수 선생님(가사초등학교)

● 아이들이 우리의 전통문화를 쉽게 접할 수 있도록 도움을 주는 소중한 자료입니다. 우리 학교의 독서 퀴즈 대회에서 매년 사용하는 책이랍니다.

— 성주영 선생님(도당초등학교)

● 우리의 옛 풍습과 문화, 관혼상제 등에 대해 자세히 설명되어 있어 수업을 하기 전에 미리 읽어 오라고 하는 도서입니다.

— 전은경 선생님(용산초등학교)

● 우리의 문화와 역사를 초등학생들이 이해하기 쉽도록 재미있는 옛이야기로 풀어낸 점이 가장 마음에 듭니다. 초등 교과와 연계된 부분이 많아 학교 수업에 많이 활용하는 도서입니다.

— 한유자 선생님(삼일초등학교)

김임숙 선생님(팔달초)	조윤미 선생님(화양초)	이경혜 선생님(군포초)	염효경 선생님(지동초)
오재민 선생님(조원초)	박연희 선생님(우이초)	박혜미 선생님(대평중)	이진희 선생님(수일초)
최정희 선생님(온곡초)	정경순 선생님(시흥초)	박현숙 선생님(중흥초)	김정남 선생님(외동초)
이광란 선생님(고리울초)	김명순 선생님(오목초)	신지연 선생님(개포초)	심선희 선생님(상원초)
문수진 선생님(덕산초)	정지은 선생님(세검정초)	정선정 선생님(백봉초)	김미란 선생님(둔전초)
김미정 선생님(청덕초)	조정신 선생님(서신초)	김경아 선생님(서림초)	김란희 선생님(유덕초)
정상각 선생님(대선초)	서흥희 선생님(수일중)	윤란희 선생님(안산시근로자시민문화센터어린이도서관)	

『오십 빛깔 우리 것 우리 얘기』 시리즈가 처음 출간된 지 어느덧 16년이 되었습니다. 그동안 수많은 어린이와 부모님, 그리고 선생님들의 사랑을 받으며 전 50권이 완간되었고, 어린이 옛이야기 분야의 고전(古典)이자 스테디셀러로 굳건히 자리매김해 왔습니다.

이 시리즈는 '소중히 지켜야 할 우리 것'에 대한 이야기를 어린이를 위해 '쉽고 재미있게' 풀어쓴 책입니다. 내용으로는 선조들의 생활과 풍습 이야기, 문화재와 발명품 이야기, 인물과 과학기술·예술작품 이야기, 팔도강산과 고유 동식물 이야기 등 우리나라 역사와 전통문화 모든 영역을 총망라하고 있습니다. 그리고 이를 50가지 주제로 엮어 저학년 어린이도 얼마든지 볼 수 있도록 맛깔나는 옛이야기로 담아냈습니다. 장대한 역사와 위대한 문화유산을 배우기에 옛이야기만큼 좋은 형식도 없기 때문입니다.

대한민국 국민으로서 알아야 하고 전해야 할 우리 것, 우리 얘기는 아주 많습니다. 그동안 이 시리즈를 통해 많은 어린이가 우리 것을 알게 되고, 우리 얘기를 사랑하게 되었을 것입니다. 시간이 흘러도 역사와 전통문화의 향기는 변하지 않기 때문입니다.

하지만 저희는 그 향기를 담아내는 그릇이 그간 색이 바래고 빛을 잃었다는 사실에 가슴이 아프고 안타까웠습니다. 그래서 책에서 전하는 우리 것의 향기를 오롯이 담아낼 수 있는 새로운 그릇을 찾고자 하였습니다. 그 그릇을 통해 향기가 더욱 그윽해지고 멀리까지 퍼져서 수백 년, 수천 년 전의 우리 것이 오늘날에도 살아 숨 쉴 수 있도록 생명력을 주고자 하였습니다.

이에 몇 가지 원칙을 가지고 『오십 빛깔 우리 것 우리 얘기』 시리즈를 새롭게 출간하게 되었습니다.

◎ 원작이 가지는 옛이야기의 맛과 멋을 그대로 살렸습니다.

◎ 요즘 독자들의 감각에 맞추어 디자인과 그림을 50권 전권 전면 개정하였습니다.

◎ 교과 학습의 길잡이가 될 수 있도록 연계 교과를 표시하였습니다.

◎ 학습정보 코너는 유익함과 재미를 함께 줄 수 있도록 4컷 만화, 생생 인터뷰, 묻고 답하기 등으로 내용을 재구성하였고, 최신 정보와 사진을 수록하였습니다.

◎ 도표, 연표, 역사신문, 체험학습 등으로 권말부록을 풍성하게 꾸며서 관련 교과 학습을 강화하였습니다.

이 책을 처음 읽었을 8살 꼬마 독자는 지금쯤 나라와 민족에 긍지를 가진 25살 자랑스러운 대한민국 청년이 되었을 것입니다. 그 청년이 부모가 되어서도 자녀에게 다시 권할 수 있는 그런 책이 되기를 바라며, 이 시리즈를 오십 빛깔 그릇에 정성껏 담아 내어놓습니다.

주니어중앙

신 나는 우리 명절

여러분은 새해 달력을 처음 받으면 무엇을 먼저 보나요?

'올해에는 노는 날이 얼마나 있을까?'

혹시 이런 생각을 하지는 않나요?

그래요. 먼 옛날엔 하나하나마다 깊은 의미들이 담겨 있던 명절이 요즘에는 그저 노는 날로만 기억되고 있는지도 모르겠어요.

하지만 명절은 그렇게 놀기만 하는 날은 아니에요. 자세히 살펴보면 우리나라의 명절만큼 과학적인 날도 없거든요. 신기할 정도로 앞뒤가 꼭꼭 맞아 떨어지니까 말이에요.

또 명절 안에는 재미있는 이야기들도 많이 전해 내려오고 있어요. 새해 첫날 신발을 훔치러 오는 귀신 이야기, 칠석날에만 만날 수 있는 견우와 직녀 이야기, 강강수월래와 이순신 장군 이야기 등 정말 재미있는 이야기들이 가득 들어 있지요. 그뿐만이 아니에요. 명절날 하면 재미있는 놀이들도 빼놓을 수 없어요. 단옷날엔 무얼 하고 놀았을까요? 또 추석날에 하던 놀이는 무엇이 있을까요?

　이제부터 이런 궁금증들을 하나하나 풀어 보기로 해요. 명절은 그 뜻은 잊고 살기 쉽지만 그렇게 지나가 버리기에는 너무 아까운 우리의 소중한 전통이거든요.

　이 책에는 모두 열 개의 명절 이야기가 담겨 있어요. 하나씩 읽어 가다 보면 우리 조상들이 왜 그 명절을 소중히 여겼는지 알게 될 거예요. 또 앞으로 명절을 어떻게 보내야 하는지도 새롭게 알게 되겠지요.

　어린이 여러분, 그럼 이제부터 신 나는 명절 이야기 속으로 떠나 보기로 해요. 참, 한 가지 잊어버릴 뻔했군요. 달력도 잊지 말고 꼭 챙겨 두세요. 우리나라의 명절은 음력으로 따지기 때문에 달력에 꼭 표시를 해 두어야 찾기 쉽거든요.

　자, 그럼 먼저 새해 첫 번째 명절부터 찾아가 볼까요?

어린이의 벗 우리누리

차례

설날 이야기 12
백두 낭자·한라 도령과 함께 알아보는 우리나라 전통 음식
나이 한 살에 떡국 한 그릇 22

정월 대보름 이야기 24
백두 낭자·한라 도령과 함께 알아보는 우리나라 전통 음식
대보름날 먹는 오곡밥과 나물 34

한식 이야기 36
백두 낭자·한라 도령과 함께 알아보는 우리나라 전통 음식
음식 맛의 주인, 된장 46

단오 이야기 48
백두 낭자·한라 도령과 함께 알아보는 우리나라 전통 음식
최고의 음료수, 식혜와 수정과 58

유두 이야기 60
백두 낭자·한라 도령과 함께 알아보는 우리나라 전통 음식
옛 어른들이 좋아한 국수 70

칠월 칠석 이야기 72
백두 낭자·한라 도령과 함께 알아보는 **우리나라 전통 음식**
세계 최고의 음식, 김치 82

추석 이야기 84
백두 낭자·한라 도령과 함께 알아보는 **우리나라 전통 음식**
3천 년을 이어 온 맛, 떡 94

중양절 이야기 96
백두 낭자·한라 도령과 함께 알아보는 **우리나라 전통 음식**
조상의 멋이 담긴 화전 106

동지 이야기 108
백두 낭자·한라 도령과 함께 알아보는 **우리나라 전통 음식**
옛날 과자, 한과 118

섣달 그믐 이야기 120
백두 낭자·한라 도령과 함께 알아보는 **우리나라 전통 음식**
임금이 먹던 신선로와 구절판 130

부록 **교과가 튼튼해지는** 우리 것 우리 얘기 132
쏙쏙! 명절 속에 숨어 있는 과학 원리를 찾아요

설날 이야기

우리 우리 설날은 오늘이래요.
곱고 고운 댕기도 내가 드리고,
새로 사 온 신발도 내가 신어요.

새해 첫 번째 날인 음력 1월 1일은 설날이에요. 설날이 되면 모두들 이런 노래를 부르며 즐거워하지요. 새로운 해가 시작되는 첫날이니까 말이에요.

설날 아침에는 일찍 일어나서 설빔을 입어요. '설빔'은 설날 아침에 입는 새 옷이에요.

요즘엔 예쁜 옷이 참 많지요? 또 마음에 드는 옷이 있으면 돈을 주고 사면 되고요. 그런데 옛날엔 그렇지 못했어요. 모두 어머니들이 직접 만들어야 했기 때문이에요.

어머니들은 가을부터 옷감을 준비해 두었다가 설날 전날 밤까지 식구들의 옷을 정성껏 만들었어요. 그리고 설날 아침이 되면 다 만들어진 새 옷을 내어 주었지요.

특히 아이들에게는 알록달록 색깔도 고운 색동저고리를 입혀 주었어요. 이 저고리를 만들려면 예쁜 옷감 조각들이 많이 필요

해서 어머니들은 일 년 전부터 옷감을 모아 두기도 했대요. 그만큼 색동저고리는 어머니의 정성이 가득 들어 있는 설빔이지요.

이렇듯 고운 설빔을 입고 나면 어른들은 아이들에게

"자, 옷을 다 차려입었으면 어서 차례를 지내자."

라고 말씀하세요.

그런데 차례는 또 무엇일까요? 우리의 어른들은 돌아가신 조상

들을 섬기는 것이 가장 먼저 해야 할 일이라고 생각해 왔어요.

그러니 한 해가 시작되는 날인 만큼 우선 돌아가신 조상들에게 인사를 드려야 하지 않겠어요? 그래서 상을 차려 놓고 돌아가신 조상들에게 절을 하여 인사를 드리는 것이 바로 '차례'예요.

차례가 끝난 다음에는 나이가 많은 어른들에게부터 새해 인사를 드려요. 이때 하는 인사는 그냥 고개를 숙이며 드리는 것이 아니에요. 큰절로 새해의 첫인사를 드려야 해요. 그 절이 바로 '세배'이지요.

“할아버지, 새해 복 많이 받으세요.”

“오냐, 올해도 건강하고 튼튼하거라.”

“선생님, 새해엔 더욱 건강하십시오.”

“자네도 올해엔 좋은 짝을 만나 결혼하게나.”

세배를 한 후에는 이렇듯 좋은 말로 인사를 주고받지요? 이런 말들을 바로 ‘덕담’이라고 해요. 새해 첫날을 맞아서 서로의 행복을 빌고 소원이 이루어지기를 축복해 주는 거지요. 참 아름다운 풍속이지요?

세배가 끝나면 차례를 지낸 떡국으로 아침을 먹어요. 지금은 설날이 아니어도 떡국을 종종 먹지만 옛날에는 해마다 설날에만 떡국을 먹었대요. 그래서 아이들에게 나이를 물을 때에는

“너 떡국 몇 그릇 먹었니?”

하고 묻기도 했어요.

그런데 이 말을 잘못 알아듣고

“두 그릇 먹었어요.”

하고 대답하면 어떻겠어요?

그것은

“두 살이에요.”

하는 것이니 정말 우스울 거예요. 그러니 이럴 때는

"네, 여덟 살입니다."

하고 공손하게 대답하도록 해요.

이렇게 즐거운 설날은 아주 오래전부터 우리 민족이 지켜 온 명절이에요. 그런 만큼 전해 내려오는 놀이와 풍습도 많지요.

혹시 '복조리'라는 말을 들어 본 적이 있나요?

복조리는 말 그대로 '복을 주는 조리'예요. 조리는 쌀 안에 섞여 있는 지푸라기나 돌을 버리고 쌀만 골라 낼 때 쓰이는 도구인데요. 복조리는 새해 첫날 이른 새벽에 사서 대들보나 부엌문 앞에 걸어 둔 조리를 말해요. 조리로 쌀을 일어서 밥을 지었듯이 그 해의 행복을 쌀알처럼 조리로 일어서 가지고자 하는 뜻에서 그렇게 하는 것이지요.

새해 첫날 새벽이 되면 복조리 장수는 소리 높이 외쳐요.

"복조리 사려!"

그러면 이 소리를 제일 먼저 들은 사람이 복조리 장수를 불러요. 이때는 절대로 집주인이 대문 밖으로 나가면 안 돼요. 복조리 장수를 집 안으로 불러들여서 복조리를 사야 하지요.

복조리는 이른 아침에 살수록 복이 많이 들어온다고 해요. 그래

서 부인들은 아주 이른 새벽부터 복조리 장수가 지나가기를 기다
렸대요.

하지만 이제는 농기계가 발달해서 쌀 안에 돌이나 지푸라기는
거의 들어 있지 않게 되었어요. 그러다 보니 조리가 더는 필요 없
게 되었지요. 그래서 이젠 복조리도 찾아보기 힘들어졌어요. 설
날 새벽에 외치는 복조리 장수의 목소리가 거의 사라져 버린 것
은 참 안타까운 일이에요.

새해 풍속에는 '복조리 사기' 말고도 재미있는 것들이 참 많이
있어요. '야광귀'라는 귀신 이야기도 그중 하나예요.

새해부터 귀신 얘기라니 무섭다고요? 아니에요. 들어 보면 하
나도 무섭지 않아요.

야광귀는 설날 밤에 인간 세상에 내려온대요. 그리고 이곳저곳
돌아다니다가 사람들이 사는 집까지 찾아오지요. 그런데 이때 아
이들이 벗어 놓은 신이 있으면 그것을 신어 보다가 제 발에 맞으
면 그대로 신고 달아나 버린대요. 이렇게 해서 신을 잃어버리면
신 주인은 일 년 내내 운수가 나쁘다고 해요.

그래서 설날 밤이 되면 어른과 아이들은 신을 모두 방에 들여놓
거나 다락에 넣어 두고 자요. 그러면 야광귀가 신을 찾지 못할 테

니까요.

 또 야광귀가 신을 못 찾도록 하는 좋은 방법이 있어요. 불을 끄고 신을 감춘 뒤에 체를 안마당 벽이나 장대 위에 걸어 두는 거예요. '체'는 가루나 액체를 거를 때 쓰는 도구이지요.

 '흠. 어디 내 발에 맞는 신이 있나 볼까?'

 야광귀가 여기저기 두리번거리며 신을 찾아요. 그러다가 걸어 놓은 체를 발견하게 되지요.

 '어, 이게 뭐야? 웬 눈이 이렇게 많을까?'

 야광귀는 체에 있는 수많은 구멍을 눈이라고 생각한대요.

 '어이구, 너무 많아서 도무지 알 수가 없네? 좋아! 어디 몇 개나 되는지 한번 세어 보자.'

 그때부터 야광귀는 체의 구멍을 세기 시작하는 거예요.

 "스물여덟, 스물아홉……. 아이고, 또 잊어버렸어. 다시! 하나, 둘……."

 이렇게 야광귀는 신을 훔쳐 가는 것도 잊고 밤새도록 체의

구멍을 세다가 새벽닭이 울면 놀라서 그냥 달아나 버린대요.

　이것은 전날인 섣달 그믐밤을 꼬박 새우느라 힘들었던 아이들을 일찍 재우기 위해 생겨난 풍습이라고도 해요.

　이렇듯 새해 첫날인 설날은 하루 종일 복을 빌고 좋은 말을 나누며 즐기던 우리의 명절이에요. 이날 좋은 말을 많이 하고 들으면 일 년 내내 그러하고, 좋은 음식을 배부르게 먹으면 일 년 내내 배부르다고 해요. 그러니 앞으로 다가오는 설날에는 더욱 아름다운 말씨와 마음씨를 가져야겠지요?

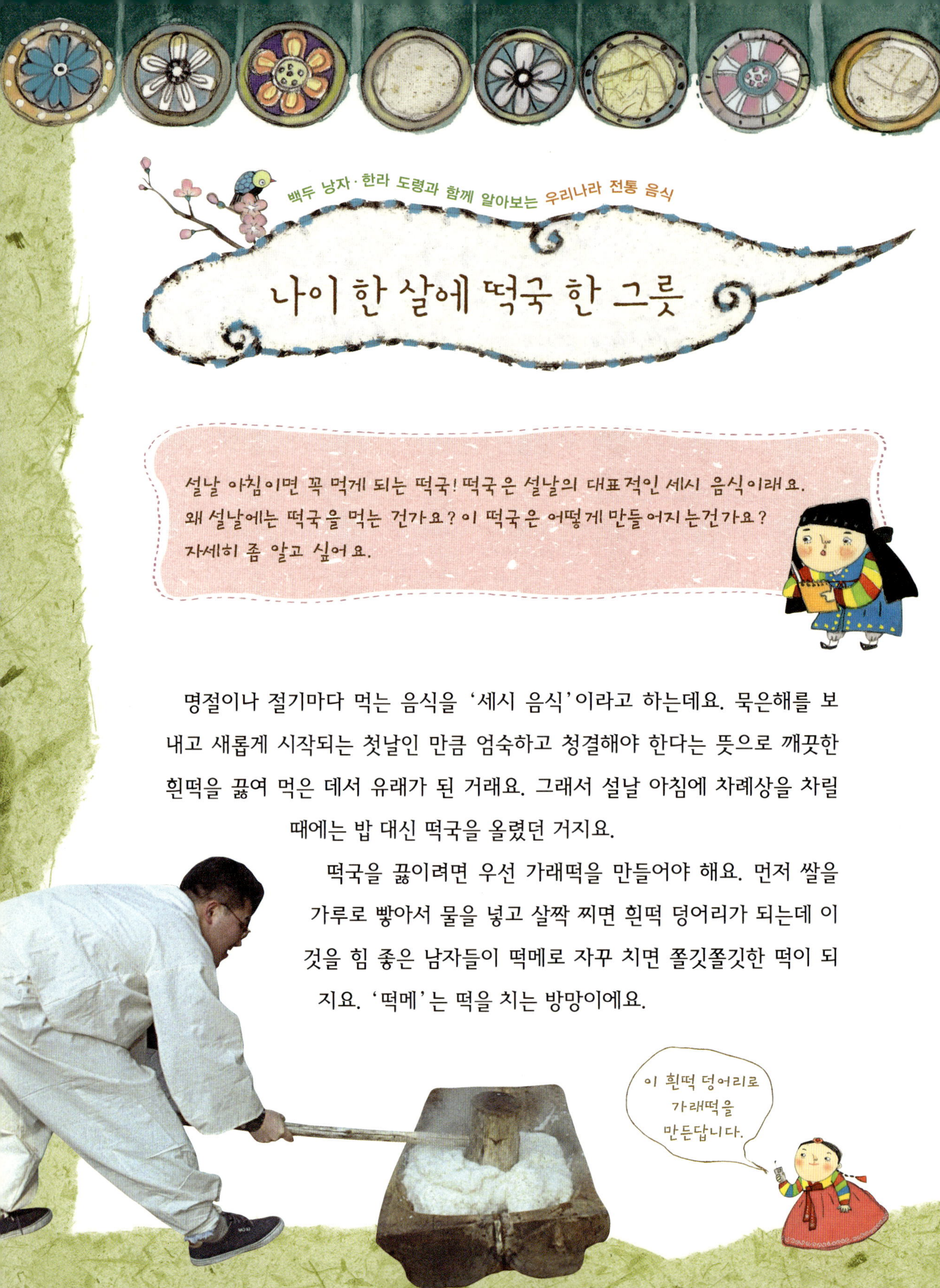

나이 한 살에 떡국 한 그릇

설날 아침이면 꼭 먹게 되는 떡국! 떡국은 설날의 대표적인 세시 음식이래요. 왜 설날에는 떡국을 먹는 건가요? 이 떡국은 어떻게 만들어지는건가요? 자세히 좀 알고 싶어요.

명절이나 절기마다 먹는 음식을 '세시 음식'이라고 하는데요. 묵은해를 보내고 새롭게 시작되는 첫날인 만큼 엄숙하고 청결해야 한다는 뜻으로 깨끗한 흰떡을 끓여 먹은 데서 유래가 된 거래요. 그래서 설날 아침에 차례상을 차릴 때에는 밥 대신 떡국을 올렸던 거지요.

떡국을 끓이려면 우선 가래떡을 만들어야 해요. 먼저 쌀을 가루로 빻아서 물을 넣고 살짝 찌면 흰떡 덩어리가 되는데 이것을 힘 좋은 남자들이 떡메로 자꾸 치면 쫄깃쫄깃한 떡이 되지요. '떡메'는 떡을 치는 방망이에요.

이 떡을 떼어 살살 비벼 가래떡을 만든 후, 어느 정도 굳으면 동전 모양으로 납작납작하게 썰어 넣고 국을 끓이면 떡국이 되는 거예요.

요즘엔 떡국에 쇠고기를 넣지만 고기가 귀했던 옛날엔 꿩고기를 넣었다고 해요. 하지만 그것도 가난한 사람들에게는 구하기 쉽지 않은 고기였어요. 그래서 일반 백성들은 주로 꿩고기 대신 닭고기를 넣고 떡국을 끓였대요.

우리 속담에 '꿩 대신 닭'이라는 말이 있지요? 그 말은 바로 이런 풍습에서 나온 것이에요. 적당한 것이 없을 때 조금 못한 비슷한 것으로 대신한다는 말이지요.

새해 첫날 아침에 먹는 떡국에는 병 없이 오래 살라는 의미도 담겨 있다고 해요. 가래떡처럼 길고 질기게 살라는 소망을 담은 것이지요. 음식 하나에도 이렇게 깊은 의미가 숨어 있다니 참 신기하지요?

설날 아침에 마시는 술을 세주라고 해요. 봄을 맞이하는 뜻에서 데우지 않고 찬 것을 그대로 마셨지요. 여러 약재를 넣어 만든 술로, 설날 마시면 병이 생기지 않고 오래 산다고 해요.

정월 대보름 이야기

'와자작!'

귀복이는 힘껏 호두를 깨물었어요. 이가 다 빠지는 것처럼 얼얼했지만 살살 깨물 수는 없었어요. 단 한 번에 호두를 깨야 했거든요.

'뽀지직!'

옆에 앉아 있던 동생 귀동이도 지지 않고 따라 했어요. 귀동이 같은 아이들은 아직 어리기 때문에 호두를 깨물면 이가 상할지도 몰라요. 그래서 엄마가 귀동이에게는 땅콩을 주었지요.

"야! 이것 봐. 호두가 깨졌어!"

"형, 나도. 땅콩이 깨졌어!"

귀복이와 귀동이는 마주 보고 기뻐했어요. 호두나 땅콩을 여러 번 깨물지 않고 단번에 깨물어 부수는 것이 좋은 것이라는 말을 들었기 때문이에요.

"자, 이제 나가자."

귀복이와 귀동이는 깨진 호두와 땅콩을 들고 밖으로 나갔어요. 그리고 이것을 지붕을 향해 힘껏 던지며 소리쳤어요.

"부럼이야!"

"부럼 나가라!"

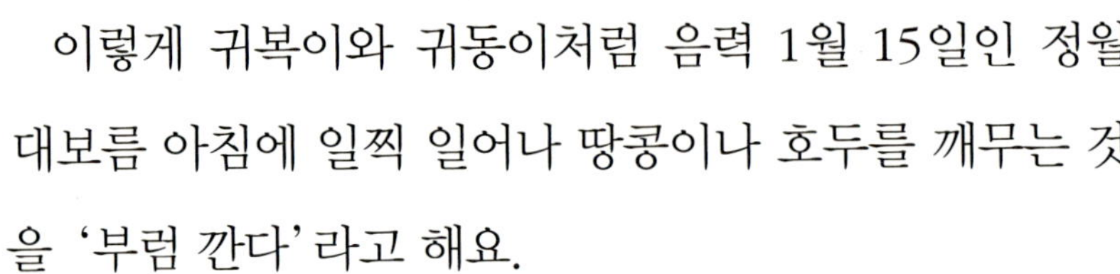

이렇게 귀복이와 귀동이처럼 음력 1월 15일인 정월 대보름 아침에 일찍 일어나 땅콩이나 호두를 깨무는 것을 '부럼 깐다'라고 해요.

그러면 부럼이란 도대체 무엇일까요?

'부럼'은 딱딱한 껍질로 된 과일을 말해요. 호두나 잣, 땅콩 같은 것들이지요. 또 '부스럼'의 준말로 피부에 생기는 종기를 가리키는 말이기도 해요. 그러니까 부럼에는 두 가지 뜻이 들어 있는 것이지요.

정월 대보름 아침에 딱딱한 부럼을 깨어 먹으면 사람의 피부도 이렇게 단단해진대요. 그래서 피부에 부스럼이 나지 않는다는 거예요. 요즘에는 먹을 것이 다양하고 좋은 음식도 많이 먹어서 부스럼이 나지 않지만 옛날 어린이들은 달랐어요. 먹을 게

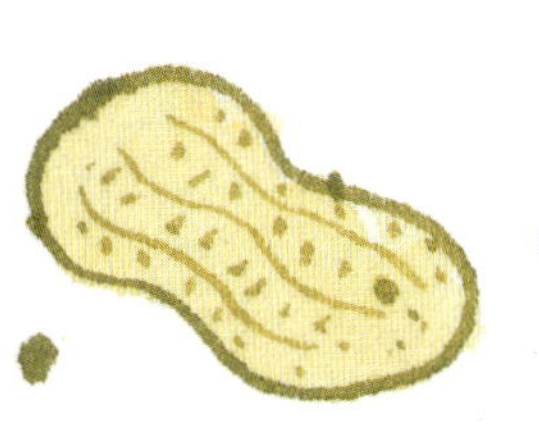

부족해서 영양 상태가 좋지 않다
보니 피부가 헐거나 버짐이 피기도
했지요.

그런데 땅콩이나 호두 같은 열매에는
그런 부스럼을 막아 주는 영양소가 쌀보다 수
십 배나 많이 들어 있어요. 그래서 우리 조상들은 한
해를 시작하는 달에 아이들에게 이것을 미리 먹여서 일
년 동안 피부병에 걸리지 않게 하려는 것이었지요. 정말
지혜로운 분들이지요?

또 부럼을 까는 소리가 워낙 시끄럽기 때문에 이 소리를
들은 잡귀신들이 깜짝 놀라 도망간다고도 하지요.

정월 대보름 아침에는 '부럼 까기' 말고도 '더위팔기'라는 것
을 해요. 더위팔기란 자기의 더위를 남에게 넘겨 주는 재미있는
풍속이에요. 어떻게 자기의 더위를 남에게 팔 수 있느냐고요?

대보름 아침에 일찍 일어나 해가 뜨기 전에 이웃집을 찾아가 친
구를 부르지요.

"개똥아!"

"응?"

"내 더위 다 사 가라!"

친구가 대답했을 때 이렇게 외치면 그 친구가 내 더위까지 모두 사 간 것이 돼요. 그러니까 더위를 산 친구는 그 해 여름에는 두 몫의 더위를 먹게 되는 것이지요. 대신 나는 그 해 여름에는 더위를 하나도 안 타고 말이에요.

하지만 반대로 친구가 눈치채고 대답 대신 먼저 "내 더위 다 사 가라." 하고 말해 버리면 내가 오히려 친구의 더위를 사게 되는 거예요. 그래서 대보름날 아침에는 불러도 모른 척하며 대답을 안 하는 경우도 많이 생기지요.

그런데 왜 우리 조상들은 한 해의 첫 보름날을 이렇게 중요하게 여긴 것일까요?

옛날 우리 조상들은 달이 밝은 밤을
신비롭게 여겼어요. 특히 보름날 밤에
는 둥근 달을 보며 더욱 흥겨워했지요.
그래서 일 년 중에서도 첫 번째 찾아
오는 정월 보름은 더욱 소중히 여겨서
'대보름'이라고 부르게 된 거예요.
대보름날 밤이 되면 뒷동산에 올라가
다 같이 달맞이를 하지요. 이 달맞이는
무척 중요한 것이에요. 정월 대보름날
뜨는 보름달을 보며 한 해의 소원을 빌
면 그 소원이 이루어진다고 하거든요.
그래서 이날에 농부들은 풍년이 들기를
빌고, 시집 못 간 노처녀들은 시집갈 수
있게 해 달라고 빌곤 했지요.
이때에 달을 먼저 본 사람일수록 운이
좋다고 해서, 사람들은 너도나도 먼저
달을 보려고 열심히 언덕을 올랐다고
해요.

달이 떠오르면 농부들은 이날에
뜬 달을 보고 그 해 농사가 잘될 것인지 아닌
지를 점치기도 했어요. 이날 달빛이 희면 그 해에 비
가 많이 오고 달빛이 붉으면 가뭄이 들었대요. 또 달빛이
진하면 풍년이 되지만 달빛이 흐리면 흉년이 드는 거래요.
그러니 달맞이를 하러 언덕에 올라간 농부들은 가슴이 두근
두근했겠지요? 달빛이 붉고 흐리면 어쩌나 하는 걱정 때문

에 말이에요.

이렇게 달맞이를 하고 난 후에는 재미있는 놀이들을 했어요. '불놀이'랑 '다리밟기' 같은 것들을 즐겨 했지요.

동산 위에 달이 떠오르면 사람들은 달집에 불을 붙였어요. '달집'은 달맞이를 하기 전에 미리 언덕 위에 지어 놓은 조그마한 나무집이에요. 불에 잘 타는 나무를 쌓아 만든 것이지요. 사람들은 이 달집에 불을 붙였을 때 달집이 활활 잘 타야 그 동네에서 하는 일이 술술 잘 풀린다고 믿었어요.

달집에 불이 붙으면 사람들은 논둑과 밭둑에도 불을 놓았어요. 이 불놀이를 '쥐불놀이'라고 해요. 우리 조상들은 이렇게 쥐불놀이를 하면 일 년 동안 병이 없고 나쁜 일이 일어나는 걸 막을 수 있다고 생각했지요.

또한 대보름 밤이면 모두 거리에 나가서 다리를 밟았는데요. 이것을 '다리밟기'라고 해요.

사람들은 큰 다리 위를 자기 나이 수만큼 건너면 일 년 동안 다리에 병이 생기지 않고 건강해진다고 믿었어요. 그래서 대보름날 밤에는 모두 다리를 밟으러 나오는 바람에 다리 위는 사람들로 정신이 하나도 없었대요. 어떤 다리는 건널 수도 없을 만큼 붐볐다고 해요.

그런데 이렇게 즐거운 대보름날에 조금도 즐겁지 않은 짐승이 하나 있었어요. 그것은 바로 집에서 기르는 개였지요.

대보름날 소에게는 나물까지 내어 주면서도 개에겐 밥을 한 끼도 주지 않고 굶겼거든요. 참 이상한 일이지요?

우리 조상들은 둥근 달을 보면서 아이를 갖게 해 달라고 빌기도 했어요. 둥근 달이 가장 힘이 세다고 생각했거든요. 그런데 달이 점점 줄어들어 초승달이 되는 것은 개가 달을 먹었기 때문이라고 믿었어요. 그래서 대보름날엔 개를 굶긴 것이지요.

또 대보름날에 개에게 밥을 주면 그 해 여름에 개가 마르고 파리가 들끓는다고 생각했어요. 그래서 개는 꼼짝없이 대보름날엔 하루 종일 배를 곯아야 했대요.

우리 속담 중에 "개 보름 쇠듯 한다", "보름날 개 팔자"라는 말은 대보름날의 개처럼 몹시 굶는 것을 가리키는 말들이에요.

우리 조상들은 이렇게 새해 들어 처음 뜨는 보름달을 무척 소중하게 여겼어요. 다음 정월 대보름이 돌아오면 여러분도 달을 보며 소원을 빌어 보세요. 먼 옛날부터 조상들의 소원을 들어 온 달님이니 아마 우리들의 소원도 꼭 들어줄 거예요.

대보름날 먹는 오곡밥과 나물

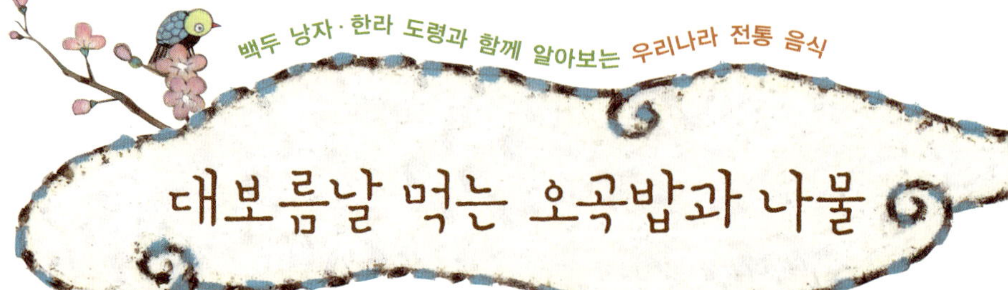

'정월 대보름'이라고 하면 호두, 땅콩, 귀밝이 술을 먼저 떠올리기 쉬운데요. 우리나라의 설, 추석과 더불어 큰 명절 중 하나였던 정월 대보름인 만큼 풍성한 먹을 거리가 가득했대요. 정월 대보름날 먹었던 맛깔스런 음식들에는 또 어떤 것들이 있었는지 알고 싶어요.

정월 대보름날은 오곡밥과 묵은 나물을 먹는 날이에요. 오곡밥은 다섯 가지 이상의 곡식을 섞어 지은 밥이에요. 찹쌀, 수수, 팥, 차조, 콩 등 새해에도 모든 곡식이 잘되길 바라는 마음으로 이렇게 먹었답니다.

반찬으로는 묵은 나물을 삶아 먹었어요. 가을이 되면 어머니들은 호박이나 가지, 시래기, 곰취 같은 나물들을 손질해서 겨울 동안 잘 말려 두지요. 그러고 나서 대보름날이 되면 이 나물들을 삶아서 기름에 볶아 먹는 거예요. 대보름날 묵은 나물을 먹으면 일 년 동안 더위를 먹지 않는다고 해요.

사실 대보름날 묵은 나물로 반찬을 해 먹는 풍습은 겨울 동안 없어진 입맛을 되살리기 위해 만들어진 풍습이에요. 지금은 한겨울에도 과일이나 채소가 얼마든지

있지요? 그렇지만 비닐 하우스가 없었던 옛날에는 생각도 할 수 없는 일이었어요. 그래서 옛날에는 겨우내 김장 김치로만 밥을 먹곤 했지요.

그렇게 한겨울을 나고 맞는 대보름이니 입맛을 돋울 수 있는 반찬을 먹고 싶었을 거예요. 이때 잘 말려 두었던 묵은 나물을 삶아서 먹으면 잃었던 입맛을 되살릴 수 있었지요.

이렇게 우리의 명절 음식은 아무렇게나 생각나는 대로 해 먹은 음식들이 아니에요. 묵은 나물 하나하나에도 지난해 가을부터 대보름 준비를 시작했던 어머니들의 정성이 고스란히 담겨 있으니까요.

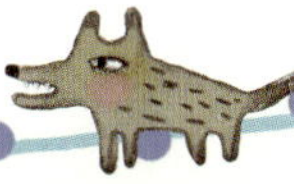

달콤함과 쫄깃함을 맛볼 수 있는 **원소병**이에요. 원소란 '정월 보름날 저녁'이라는 뜻인데요. 찹쌀가루를 반죽해 동그랗게 경단을 만들어서 꿀물에 띄워 만들었어요. 새해 첫 보름달을 반기는 마음이 담긴, 빼놓을 수 없는 대보름 음식 중의 하나랍니다.

한식 이야기

중국 춘추 시대 진나라에 문공이라는 왕자가 있었어요. 그런데 임금이 죽고 왕실이 어지러워지자 왕자 문공은 멀리 다른 나라를 떠돌게 되었어요.

문공에게는 여러 명의 신하가 있었는데 개자추도 그중 한 사람이었어요. 개자추는 무척 충성스러운 신하였어요. 아무리 힘들어도 절대로 문공의 옆을 떠나는 적이 없었지요.

그러던 어느 날이었어요.

'아, 이제 더 이상 걸을 힘이 없구나.'

문공은 너무 배가 고파 쓰러지고 말았어요. 며칠 동안 아무것도 먹지 못했기 때문에 문공의 몸은 보기에도 딱할 정도로 말라 있었어요. 또 험한 여행길에 지쳐서 금방이라도 죽을 것처럼 약해져 있었어요.

그때, 개자추가 다리를 조금씩 절며 문공에게 다가왔어요.

"왕자마마, 어서 이것을 드십시오."

개자추는 문공에게 잘 구운 고기를 내밀었어요.

"아, 얼마 만에 먹어 보는 고기인가!"

문공은 개자추가 주는 고기를 아주 맛있게 먹었어요. 그러고는 다시 기운을 차려 여행을 계속할 수 있게 되었지요.

그런데 그것은 개자추가 자기의 넓적다리 살을 잘라 구운 고기
였어요. 개자추는 문공을 살릴 수 있다면 자기의 살을 베는 것쯤
은 아무것도 아니라고 생각했던 거예요.

그 후 세월이 흘러 문공은 진나라의 임금이 되었어요. 문공을
모시던 신하들은 서로 얼싸안고 기뻐했지요. 그런데 문공은 그를

도와주었던 개자추를 그만 까맣게
잊고 말았어요. 게다가 다른 신하들의 말만
듣고 개자추에게는 아무런 상도 주지 않았어요.
하지만 개자추는 문공을 원망하지 않았어요. 개
자추는 그 길로 어머니와 함께 면산에 들어가 숨어 버
렸어요.

시간이 한참 흐른 뒤 문공은 자기의 잘못을 깨닫게 되었지요.

"내가 어리석었다. 개자추와 같은 훌륭한 신하를 알아보지 못하다니……. 여봐라, 어서 가서 개자추를 불러오너라."

그러나 개자추는 산에서 내려오지 않았어요. 문공이 여러 번 신하를 보냈지만 모두 헛수고였어요. 문공은 깊은 생각에 잠겼어요.

'아, 개자추를 불러낼 수 있는 좋은 방법이 없을까?'

그때 한 신하가 나서며 말했어요.

"전하, 한 가지 좋은 방법이 있사옵니다."

"그래, 좋은 방법이 무엇인가?"

"산에다 불을 지르는 것입니다."

"뭐라고? 불을 지른다고?"

"예, 전하. 산에 불이 나면 아무리 개자추가 숨어 있고 싶어도 별수 없이 산을 내려오게 될 것입니다."

"허, 거참 좋은 방법이로다. 자, 개자추가 나오도록 당장 면산에 불을 지르도록 하라!"

문공이 명령을 내리자 면산에는 곧 불이 붙게 되었어요. 불은 활활 잘도 타올랐어요. 산속 깊은 곳까지 불길은 거세게 번져 갔어요.

하지만 개자추는 끝내 산에서 내려오지 않았어요. 어머니와 함께 버드나무 밑에서 불에 타 죽고 말았지요.

이 말을 전해 들은 문공은 너무 마음이 아팠어요.

"아, 가엾은 개자추! 앞으로 해마다 오늘이 되면 하루 동안 불을 지피지 말도록 하여라. 개자추의 충성심을 위로하기 위함이니라."

그날 이후로 한식날에는 불에 타 죽은 개자추의 넋을 위로하기 위해 불을 지피지 않고 찬밥을 먹었다고 해요.

한식은 한자로 차가울 한(寒), 음식 식(食) 자를 쓰지요. 즉 '찬밥을 먹는 날'이란 뜻이에요.

그런데 이 이야기 말고도 한식이 내려오게 된 또 다른 이야기가 있어요.

옛날에는 불씨가 무척 귀했어요. 그래서 아낙네들은 불씨를 꺼뜨리지 않기 위해 늘 마음을 졸여야 했어요.

해마다 봄 기운이 돌기 시작하는 한식날, 대궐에서는 새로 불을 일구어서 백성들에게 나누어 주었는데요. 이때 백성들은 새 불씨를 받기 전에 일 년 동안 썼던 묵은 불을 꺼야 했지요. 그래서 한식날엔 새 밥을 지어 먹지 못하고 전날 지어 두었던 찬밥을 먹게 되었다는 거예요.

한식은 동지가 지나고 1백5일째 되는 날이에요. 이때는 농촌에서 한창 씨를 뿌릴 때이기 때문에 특별한 놀이를 하지는 않아요. 조상의 묘를 찾아가 차례를 지내고 성묘를 하면서 조용히 하루를 보내지요.

한식날에 드리는 차례를 '한식 차례'라고 해요. 묘 앞에 술, 과일, 식혜, 떡, 국수, 탕 등을 놓고 제사를 드리는 것이지요. 그러고 나서 무덤을 돌아보며 성묘를 하는 거예요.

'성묘'란 묘를 찾아가서 보살피는 것을 말해요. 지난 겨울 동안 얼었다 녹았다 했을 묘의 흙을 새로 다지고 잔디도 손질하는 일을 말해요. 또 근처에 나무를 심기도 하지요.

옛날에는 한식날이 되면 나라에서 관리들에게 휴가를 주었다고
해요. 조상의 묘를 돌볼 시간을 주기 위해서였지요.

한식날은 양력으로 보면 대체로 4월 5, 6일쯤이 돼요. 식목일과
비슷한 때이지요. 이때가 일 년 중 나무를 심거나 씨를 뿌리기에
가장 알맞은 시기래요.

한식은 농사와 관계가 깊은 날이에요. 농가에서는 이날을 일 년
농사의 처음으로 생각했어요. 그래서 이날을 기준으로 채소 씨를
뿌려 새해 농사를 시작했지요.

한식날 비가 오면 사람들은 그 한식을 '물한식'이라고 부르며
좋아했대요. 불에 타 죽은 개자추의 넋을 위로하기 위해 비가 오
는 것이라고 생각했던 것이지요. 또 한식날 비가 오면 그 해에 풍
년이 든다고 생각했어요. 그맘때에 나무를 심고 씨도 뿌렸으니 비
가 오면 나무도 더 잘 자라고 싹도 잘 틀 것이기 때문이에요. 개자
추의 이야기와 농사일이 이렇게 딱 맞아떨어지니 참 신기하지요?

한식의 풍습이 우리 생활과 잘 맞아떨어지는 것은 이뿐만이 아
니에요. 한식날 무렵은 비가 많이 내리지 않는 건조기이지요. 게
다가 바람도 무척 많이 부는 때이고요. 그런데 이럴 때에 성묘하
러 가서 불을 쓰면 어떻게 되겠어요? 잘못해서 바싹 마른 나뭇가

지와 풀에 불이 붙어 버리면 큰 산불이 되고 말겠지요.

이렇듯 한식은 건조한 날씨에 잘 맞는 명절이에요. 불을 조심하고 잘 관리하라는 날이라고 생각할 수도 있겠지요.

앞으로 한식날이 되면 이런 것들을 다시 한 번 생각해 보도록 하세요. 개자추의 슬픈 넋과 위험한 불을 잘 다스렸던 우리 조상들의 슬기를 말이에요.

음식 맛의 주인, 된장

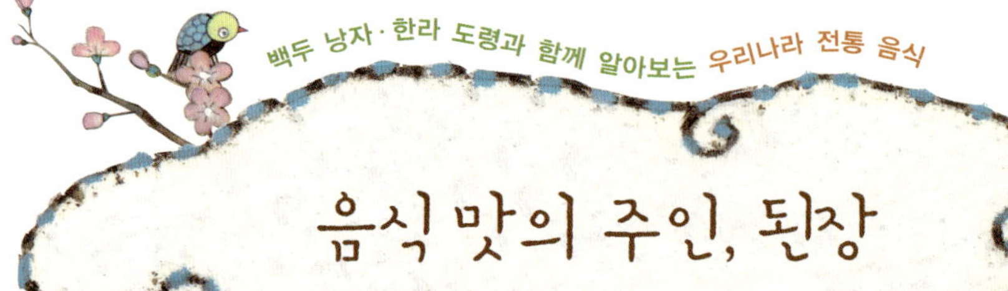

음식 맛을 낼 때 가장 으뜸이 되는 '팔진미의 주인'이라 불리는 우리의 전통 음식인 된장! 된장은 우리의 전통 음식을 이야기할 때면 결코 빼 놓을 수 없는 음식이라는데요. 이 된장은 어떻게 만들어지는지 알고 싶어요.

김치, 청국장과 함께 우리나라의 대표적인 전통 저장 음식으로 잘 알려져 있는 된장은 삼국 시대부터 만들어 먹었던 음식이에요. 일본에서 먹는 '미소'라는 된장도 사실은 한국 된장이 일본으로 건너가 만들어진 것이라고 하지요. 된장을 만들려면 우선 메주를 쑤어야 해요. 메주는 삶은 콩을 찧어서 동그랗거나 네모나게 빚어 짚 광주리에 넣고 따뜻한 아랫목에서 띄워서 발효시켜 만들어요. 이렇게 만든 메주를 가지고 간장을 만드는데, 간장으로 다 우려낸 후, 잘게 부수어서 소금이랑 버무려 만든 것이 바로 된장이에요. 사람들은 된장 담그는 날을 아주 까다롭게 정했어요. 된장은 때를 놓치면

맛이 없어지거든요. 입춘 전, 아직 추위가 다 풀리지 않은 이른 봄에 담가야 장맛이 좋다고 해요.

또 우리 조상들은 된장 담는 독도 무척 중요하게 생각했어요. 독이 더러우면 장맛이 변한다고 해서 장 담그기 일주일 전부터 하루에 두 번씩 맑은 물에 독을 씻어 냈대요.

이렇듯 우리 조상들은 된장 담그는 것 하나에도 많은 정성을 쏟았어요. 정성이 들어가야 더 맛있는 음식이 된다고 생각했던 것이지요. 조금 귀찮다고 해서 장을 사다 먹는 요즘의 우리들이 꼭 본받아야 할 모습이 아닐까요?

청국장은 삶은 콩을 뜨거운 곳에서 발효시켜 누룩곰팡이가 생기도록 만든 속성 장이에요. 된장은 발효시켜서 먹기까지 몇 달이 걸리지만 청국장은 담가서 2~3일이면 먹을 수 있지요. 영양가도 높고 소화가 잘될 뿐 아니라, 단백질을 가장 효과적으로 섭취할 수 있는 방법 중의 하나랍니다.

단오 이야기

"허, 참 곱기도 하구나!"

이 도령은 넋을 잃고 건너편 풀숲을 바라보았어요. 그곳에는 어여쁜 소녀가 그네를 뛰고 있었어요.

이 도령은 한눈에 그 처녀에게 마음을 빼앗기고 말았지요.

"얘, 방자야. 저기 저 그네 타는 처녀의 이름을 아느냐?"

"아, 춘향이 말입니까요? 춘향이야 이 마을에서 최고로 어여쁜 처녀이지요."

"그래?"

이 도령은 다시 한 번 춘향이가 그네 뛰는 모습을 바라보았어요.

하늘로 쑥 솟구쳐 올랐다가 내려오는가 싶더니 어느새 다시 솟아오르는 모습은 마치 선녀가 하늘에서 오르락내리락하는 것처럼 눈부시게 아름다웠어요.

"내 무슨 일이 있어도 저 처녀를 아내로 삼으리라."

이 도령은 춘향이의 예쁜 모습을 보며 다짐을 했어요. 그러고는 곧 춘향이를 찾아갔어요.

그 후 춘향이는 많은 사연을 겪은 후 정말로 이 도령의 아내가 되었지요.

이 이야기는 옛 소설 《춘향전》의 한 부분이에요. 그런데 왜 갑자기 춘향이 이야기가 나왔느냐고요? 춘향이가 나비처럼 그네를 뛰던 이날이 바로 단옷날이었거든요.

단오는 음력으로 5월 5일이에요. 우리 조상들은 홀수가 두 번 겹치는 날은 생기가 넘친다고 해서 길한 날이라고 생각했어요. 단오도 '5'가 두 번 겹치는 날이라 명절로 삼았던 것이지요.

또한 단오는 다른 말로 '술의날' 또는 '수릿날'이라고도 하는데요. '술의'나 '수리'는 우리말로 수레를 가리키는 말이에요.

농사를 짓던 농민들에게 수레는 무척 중요한 기구였어요. 그래서 단옷날 먹는 떡도 수레 모양으로 만들었대요. 이 떡을 '술의떡' 또는 '수리떡'이라고 하지요. 또 이렇게 술의 떡을 만들어 먹는 날이라는 뜻으로 단오를 '술의날'이라고 부르게 된 것이에요.

단오에는 여자 남자 할 것 없이 여러 가지 놀이를 하면서 하루를 즐겁게 보냈어요.

여자들의 놀이로는 뭐니 뭐니 해도 앞에서 나온 그네뛰기가 최고였어요. 그네뛰기는 그동안 운동을 할 수 없었던 여자들이 마음껏 즐길 수 있는 놀이였거든요.

옛날에는 여자들이 바깥에 마음대로 나가 돌아다닐 수가 없었어요. 그러나 단옷날이 되면 옷을 곱게 차려입고 친구들과 어울려 하루 종일 즐겁게 놀 수 있었지요. 그러니까 단옷날은 여자들에게 정말 즐거운 날이었을 거예요.

남자들만 하던 신 나는 놀이도 있었는데 그건 바로 씨름이에요. '씨름'은 남자 둘이 서로 맞붙어서 이기고 지는 것을 겨루는 경기예요. 그중 먼저 넘어지는 사람이 지는 것이지요.

씨름은 열대여섯 살의 아이들이 하는 '아기 씨름'과 총각들이 하는 '총각 마구리', 그리고 장정들이 하는 '소걸이'가 있었는데요. 이 소걸이라는 씨름이 가장 재미있었어요. 왜냐하면 이 씨름에서 우승한 사람은 상으로 소를 타게 되었거든요.

소걸이 씨름판에는 그 마을에서 힘 좀 쓴다는 사람들이 모두 나와 힘을 겨루었어요. 이 씨름에서 이긴 사람을 '장사'라고 했는데 장사가 나오면 마을 사람들도 함께 즐거워하며 축하를 해 주었어요.

그런데 단오는 이렇듯 즐거운 놀이들을 즐기던 신 나는 명절이
기도 하지만, 제사의 뜻을 가지고 있는 명절이기도 해요. 새로 시
작한 농사가 잘되기를 기원하기도 했거든요.
또한 이때부터는 비가 자주 오는 계절로 접어들기 때문에 나쁜

병이 번지기 쉬웠어요. 그래서 단옷날에는 그런 재앙을 물리치기 위한 여러 가지 풍습이 생겨났어요.

창포물에 머리를 감는 것도 이런 풍습 중 하나예요. 단옷날에는 여자와 남자 모두 창포를 삶은 물에 머리를 감았어요. 이렇게 하면 나쁜 귀신과 질병을 쫓을 수 있다고 믿었거든요.

그런데 창포는 머리에 영양을 주는 데에 정말 큰 효과가 있었어

요. 그 속에 비듬이나 머릿속에 난 피부병을 없애는 좋은 성분이
들어 있기 때문이에요. 게다가 무척 달콤한 향기가 났기 때문에
머리 손질을 하기에도 안성맞춤이었지요. 그러니까 창포는 옛 사
람들의 샴푸와 린스 같은 것이었다고 생각할 수 있을 거예요.
　단옷날의 재미있는 풍습으로 부채 이야기도 빼놓을 수 없어요.
단오는 음력 5월이니 슬슬 무더위가 시작되는 무렵이지요. 그래
서 단옷날에는 앞으로 많이 쓰게 될 부채를 서로 선물하는 풍습
이 있었어요.

지금은 부채를 별로 쓰지 않지만 옛날에는 그렇지 않았거든요. 부채는 늘 가지고 다니는 생활 도구 중 하나였지요.

센 바람이 불 때나 먼지가 날리는 곳에서는 부채로 점잖게 얼굴을 가렸어요. 또 부채는 햇빛 가리개로도 쓰였지요. 잠잘 때 자꾸만 달라붙는 파리를 몰아내는 데에도 부채가 최고였대요. 그리고 여자들이 바깥에 나갈 때 얼굴을 가리는 데도 썼다고 해요.

이렇게 생활에 꼭 필요한 도구인 부채를 서로 선물하면서 사람들은 더위를 타지 말고 건강하라는 소망도 함께 선물했어요. 그래서 단옷날 선물하는 부채 속에는 값으로 따질 수 없는 귀한 정이 듬뿍 담겨 있었지요.

이 밖에도 단옷날에는 '대추나무 시집보내기'를 했어요. 대추나무를 시집보낸다니 정말 이상하지요? 나무를 어떻게 시집보낼 수 있느냐고요?

사실 이것은 무척 간단한 일이에요. 단옷날 정오에 나뭇가지를 쳐 내거나 가지 사이에 돌을 끼워 놓으면 되거든요.

이렇게 해 두면 그 해 가을에는 토실

토실한 대추가 주렁주렁 열리게 된다고 생각했어요. 사람도 시집을 가야 아기를 낳듯이 대추나무도 시집을 보내면 더 많은 열매를 맺을 거 아니겠어요? 그러니까 이 풍습은 더 많은 열매가 열리기를 기원하는 마음으로 지켜 온 풍습 중 하나이지요.

지금은 단옷날을 잘 지키지 않고 또 단오가 언제인지도 잊고 지나가는 경우가 많아요. 그러나 단오는 그냥 지나쳐 버리기에는 너무 아쉬운 명절이에요.

자, 이제부터는 달력에 표시를 해 두고 단오 명절을 한번 지켜 보세요. 쑥떡을 해 먹고 그네도 뛰면서 말이에요. 참, 마당에 대추나무가 있는 사람은 대추나무 시집보내기를 해 보아도 재미있을 거예요. 누가 아나요? 가을이 되었을 때 보통 때보다 몇 배나 많은 대추를 정말로 따게 될지도 모르잖아요.

최고의 음료수, 식혜와 수정과

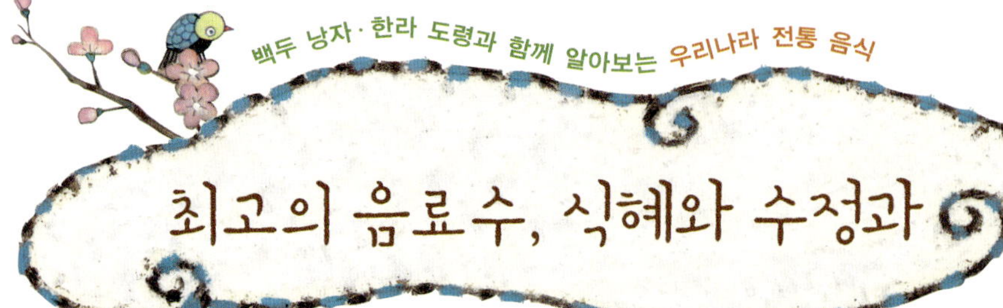

명절에 기름진 음식들을 먹고 나면 시원한 것이 마시고 싶어지지요? 우리 조상들은 이럴 때 식혜와 수정과를 만들어 마셨대요. 답답했던 속이 시원해지면서 소화도 잘 되게 해 주었거든요. 정성스러운 손맛이 가득 들어 있는 우리의 전통 음료수인 식혜와 수정과는 어떻게 만들어지는 건가요? 자세히 알고 싶어요.

식혜는 밥을 가지고 만드는 음식이에요. 어떻게 해서 밥이 식혜가 될 수 있느냐고요?

우선 밥을 지은 다음에 엿기름을 부어 따뜻하게 5~6시간 정도 식혀요. 이렇게 해 두면 밥알이 동동 떠오르게 되는데, 이때 설탕을 넣고 보글보글 끓이면 된답니다.

식혜를 '감주' 또는 '단술'이라고도 부르는 걸 들은 적이 있지요? 그것은 이렇게 끓인 식혜를 가리키는 말이에요. 또한 뜨거운 식혜를 차갑게 식혀서 잣

을 동동 띄워도 맛있는 음료수가 된답니다.

수정과는 곶감으로 만드는 음식이에요. 곶감은 말린 감을 말하지요. 수정과는 잘게 다진 생강과 계핏가루를 넣어 달인 물에 설탕물이나 꿀을 타서 식힌 다음, 곶감과 잣을 넣어 만들어요. 달콤한 맛과 톡 쏘는 생강 맛이 곶감의 달콤함과 어우러지는 멋진 음료수지요.

요즘엔 콜라나 사이다 같은 음료수들이 많이 있지만, 그 어떤 것도 전통 음료수인 식혜와 수정과를 따라갈 만한 것은 없어요. 식혜와 수정과는 맛도 좋고 몸에도 좋지만, 무엇보다도 정성스러운 손맛이 가득 들어 있는 우리의 전통 음료수이니까요.

오미자차는 건조시켜 둔 오미자를 물에 붓고 약한 불에 달여 꿀이나 설탕을 타서 마시는 차예요.
오미자란 이름은 신맛, 달콤한 맛, 매운 맛, 쓴 맛, 떫은 맛, 이렇게 다섯 가지 맛을 낸다고 해서 오미자라고 불리게 되었대요. 피로를 해소하고 입맛을 돋워주며, 감기나 천식 등으로 인한 기침에도 효과적이랍니다.

유두 이야기

순이는 엄마와 함께 동쪽 계곡에 도착했어요. 계곡에는 벌써 동네 아주머니들이 많이 와 있었어요. 그중에는 옆집 연이 언니도 보였어요.

"어머, 순이 왔구나. 자, 어서 물에 들어오렴."

"알았어, 언니."

순이는 얼른 저고리를 벗어 놓고 치마를 둘둘 말아 걷어붙이고는 물 안으로 들어갔어요.

"야, 정말 시원하다!"

얼음처럼 찬 계곡물에 다리를 담그자 순이는 가슴속까지 시원해지는 것 같았어요.

"순이야, 우선 머리부터 감도록 해. 나처럼 말이야."

연이 언니는 머리를 감으며 순이에게 말했어요. 순이도 종종 땋은 댕기 머리를 풀고 긴 머리를 흐르는 물에 담가 머리를 감았어요.

"오늘은 유둣날이라서 이렇게 동쪽으로 흐르는 물에 머리를 감는 거야."

"언니, 그런데 왜 동쪽으로 흐르는 물에 감아야 하지?"

"응, 동쪽은 복이 오는 방향이거든. 양기가 가득한 곳이지. 그러니까 계절로 치자면 봄 같은 곳이야. 그래서 이 물에 머리를 감으면 나쁜 것들도 함께 떠내려가는 거야."

"아, 그렇구나. 나쁜 병이나 재앙 같은 것들 말이지?"

"그래, 맞았어."

연이 언니의 말을 듣고 나니 순이는 머리 감는 일이 더욱 재미있게 느껴졌어요. 순이는 머리를 다 감은 다음 팔과 다리, 목도 깨끗이 씻었어요. 그러자 금방이라도 날아갈 것처럼 몸이 개운해졌어요.

이렇게 머리를 감고 몸을 씻는 음력 6월 15일을 '유두'라고 해요. 유두는 한창 더운 계절에 들어 있는 명절이에요. 사실 음력 6월은 '썩은 달'이라고 해서 행사를 많이 하지 않았지요. 이때는 비도 자주 오고 더위도 가장 심한 때이거든요. 그러다 보니 음식도 금방 변해 버려서 썩은 달이라고 한 거예요.

　유두는 이런 썩은 달 한가운데에 들어 있어요. 그래서 이날에는 맑은 냇물을 찾아가서 더러워진 머리와 몸을 깨끗이 씻으면서 즐겁게 논 것이지요. 또 사람들은 이렇게 하면 나쁜 기운을 쫓고 무사하게 여름을 보낼 수 있게 된다고 믿었어요.

　옛날 사람들은 상투를 틀거나 길게 땋아 비녀를 꽂는 머리를 했어요. 그러다 보니 머리를 풀어 감고 나서 다시 감아 올리려면 많은 손질이 필요했지요.

　그런데 농사일로 눈코 뜰 새 없이 바쁜 백성들이 이렇게 머리만 만지고 있을 시간이 어디 있었겠어요? 그러다 보니 농사꾼들의 머리는 늘 헝클어져서 모양이 흉하게 되었지요.

　이런 백성들에게 모처럼 몸을 씻고 머리를 감을 수 있는 시간이 주어지는 명절이 바로 유둣날이에요. 유두는 특히 여자들에게 신 나는 날이었지요.

여자들의 경우에는 보통 때에는 밖에서 옷을 벗고 몸을 씻는다는 것은 생각도 할 수 없는 일이었는데요. 그러나 유둣날만큼은 얼마든지 몸을 씻을 수가 있었거든요.

그러니까 여자들한테 유두는 일 년 중 단 하루뿐인 여름 휴가와

같은 것이었어요. 이제 여자들이 왜 유둣날을 좋아했는지 알 만
하지요?

그런데 '유두'라는 말의 뜻은 과연 무엇일까요? 이 뜻이 분명하
게 전해 내려오지는 않아요. 하지만 먼 옛날부터 전해 내려오는
책을 보면 유두는 '수두'라고도 쓰여 있어요. 수두는 '물마리'라
는 말인데 이 말은 훗날 '물맞이'라는 말이 되었다고 해요. 유두
가 몸을 씻는 날이니 서로 뜻이 맞다고도 할 수 있겠지요?

유둣날은 이렇게 물놀이를 하며 즐긴 날이기도 하지만, 맛있는
음식들을 만들어 먹는 날로도 빼놓을 수가 없어요.

유둣날에는 우선 새로 나온 오이나 참외 같은 과일을 따고 국수
를 만들어서 사당에 제사를 드렸어요. 그동안 농사를 잘 보살펴
준 조상이나 신에게 감사를 드리는 것이지요.

우리의 옛 어른들은 이렇게 먹을 것이 새로 났을 때도 절대로
먼저 먹지 않았어요. 늘 조상 어른들을 먼저 생각하고 그 은혜에
감사하면서 살았던 것이지요. 우리들도 옛 어른들의 이런 깊은
마음을 잊지 말고 꼭 본받아야 할 거예요.

유둣날에는 찰떡이나 밀떡을 만들어 논이나 밭에 가서 한 덩이
씩 놓고 농사가 잘되기를 빌기도 했어요. 어떤 사람은 떡을 꼬챙

이에 꿰어 논두렁에 꽂아 두기도 했고요. 논이랑 밭이 사람도 아닌데 웬 떡을 주냐고요? 이렇게 논과 밭에 떡을 주면 물이 새지 않고 농사가 잘된다고 생각했거든요. 또한 이렇게 해야 그 해의 농사를 망치지 않는다고 믿었던 것이지요. 이것은 모두 옛 어른들이 얼마나 농사를 중요하게 여기며 살아갔는지 잘 알게 해 주는 풍습이에요.

또한 유둣날은 밀가루를 가지고 국수를 만들어 먹는 날이기도 했어요. 유둣날에 밀가루로 만든 국수를 먹으면 더위를 타지 않고 건강하게 여름을 날 수 있다고 생각했기 때문이에요.

'수단'과 '건단'이라는 것도 만들어 먹었는데 이것은 유둣날에만 만들어 먹는 특별한 음식이었어요. 쌀가루를 쪄서 만든 떡을 구슬처럼 빚은 다음 꿀물에 담가 먹는 것이었지요. 얼음물에 넣어 먹는 것이 수단이고, 그냥 먹는 것이 건단이에요. 더운 여름철에 먹기 알맞게 참 시원하고 맛있는 음식이지요.

또 유둣날에는 밀가루로 구슬을 만들어 차고 다니기도 했어요. 밀가루를 구슬 모양으로 만들어서 거기에다 오색 물감으로 알록달록한 색을 입혔지요. 이렇게 만든 구슬 세 개를 이어 예쁜 색실에 꿰어 차고 다니는 거예요. 이렇게 하면 나쁜 액을 막을 수가 있었대요. 또 이것을 문 옆의 기둥에 걸어 두어 액을 막기도 했다고 해요.

이렇게 유두에는 날씨가 덥고 곡식이 자라나는 계절에 있는 명절답게 거기에 잘 어울리는 풍습들이 있었답니다.

일 년 중 가장 더운 계절인 음력 6월에 몸을 씻는 명절이 돌아오는 것을 보면 우리의 명절이야말로 가장 과학적인 것인지도 모르겠어요.

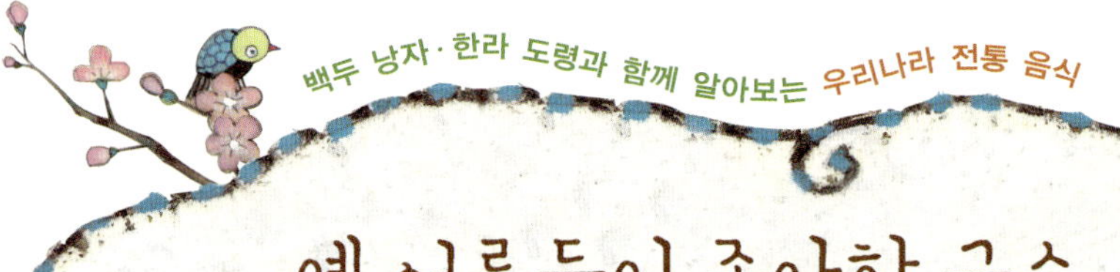

옛 어른들이 좋아한 국수

요즘에는 주로 밀가루로 국수를 만들어 먹고 있지만, 우리나라에서는 이미 밀가루가 들어오기 전부터 마, 칡, 녹두 같은 재료로 국수를 만들어 먹어 왔대요. 나라에 따라, 지역에 따라 그 만드는 방법이 달랐다는 국수! 국수는 어떻게 만들어지는지, 그 종류에는 무엇이 있는지 자세히 알고 싶어요.

중국과 일본에서도 국수를 먹지만 나라마다 국수를 만드는 방법은 모두 달라요. 중국과 일본은 반죽을 잡아 늘이는 방법으로 만들지만 우리나라는 구멍 뚫린 바가지에 반죽한 것을 부어 구멍 사이로 실처럼 뽑아져 나오게 한 후, 이것을 물에 받아 굳혀서 만들었어요.

우리들이 좋아하는 냉면은 바로 이런 방법으로 만든, 우리나라에서만 맛볼 수 있는 독특한 국수였어요.

냉면은 원래 함경도나 평안도 지방에서 겨울철에 주로 먹던 국수였어요. 메밀국수를 삶아서 고기 국물과 동치미 국물을 섞은 국물에 말아 먹었지요. 그러나 이제는

여름철에 더욱 즐겨 먹는 음식으로 자리 잡게 되었답니다.

국수를 만드는 법은 조선 시대 후기에 들어와서 더욱 발달했어요. 밤으로 만드는 밤 국수, 백합 뿌리로 만드는 백합 국수, 진달래 꽃가루를 녹말에 섞어서 만든 꽃 국수까지 있었다고 해요. 정말 종류도 많지요?

한 가지 아쉬운 점은 요즘엔 외국 음식에 입맛이 길들여져서 국수를 아끼는 마음이 예전 같지 않다는 거예요. 하지만 국수가 먼 옛날부터 내려온 우리의 전통 음식이라는 생각을 잊어서는 안 되겠어요.

콩국수는 시원하고도 몸에 좋은 음식이에요.

골동은 '여러 물건을 한데 섞는다'는 뜻으로, **골동면(국수비빔면)**은 메밀국수에 여러 가지 재료들을 넣어 양념장으로 고루 비벼서 먹는 국수를 말해요. 즉, 비빔국수를 말하는 것이지요. 팥죽과 더불어 동짓달에 즐겨먹던 음식이랍니다.

칠월 칠석 이야기

먼 옛날, 하늘과 땅을 다스리는 옥황상제에게 예쁜 딸이 하나 있었어요. 그 딸의 이름은 직녀였어요. 직녀는 하루 종일 자기의 별에 앉아서 베 짜는 일을 하며 살고 있었어요.

직녀는 옷감을 짜면서 그 안에 달의 그림자, 해의 반짝임, 하늘을 도는 별자리들의 모습을 짜 넣었어요. 직녀가 짠 옷감은 정말 눈부실 만큼 아름다워서 모두들 넋을 잃고 바라보았지요. 옥황상제는 이런 딸의 모습을 보고 무척 대견스러워했어요.

그런데 따사로운 햇볕이 가득 내리쬐던 어느 화창한 봄날이었어요.

'아이, 지루해. 하루 종일 베만 짰더니 정말 재미없구나.'

직녀는 베를 짜는 일이 지겨워졌어요. 하루 종일 앉아만 있었더니 팔다리가 저리고 아프기도 했어요.

직녀는 일어나서 기지개를 켜면서 창밖을 내려다보았어요. 창밖으로는 하늘의 강인 은하수가 아름답게 흐르고 있었어요.

그런데 무심코 은하수 건너편을 바라보던 직녀의 가슴이 콩콩 뛰기 시작했어요. 그곳에는 멋진 청년이 하늘의 양과 소를 몰고 있었던 거예요.

'아, 어쩌면 저렇게 멋질 수가 있을까! 저런 분이 내 남편이 되

어 주시면 얼마나 좋을까?'

직녀는 첫눈에 반하게 된 그 청년이 자기의 남편이 되었으면 좋겠다고 생각했어요. 그래서 곧 옥황상제에게 달려가 간청을 했어요.

"아바마마, 저 은하수 건너편에 살고 있는 청년과 결혼을 하고 싶어요. 허락해 주세요.”

“허허. 견우 말이로구나. 그래, 그 청년은 아주 착하고 부지런한 젊은이지. 네가 아주 잘 보았구나. 그러지 않아도 너의 신랑감으로 잘 어울릴 거라고 생각하고 있었다.”

옥황상제도 견우가 아주 마음에 들었던 터라 곧 견우와 직녀를

혼인시켜 주었어요.

그런데 결혼을 하고 나자 견우와 직녀는 서로
너무 사랑해서 잠시도 떨어져 있으려 하지 않았어요.
그러다 보니 둘 다 해야 할 일을 제대로 할 수가 없었지요. 직녀는
그 전처럼 베를 열심히 짜지 않았기 때문에 하늘나라 사람들의
옷이 부족해지기 시작했어요. 견우의 소와 양들도 병에 걸려 시
름시름 앓고 농작물들도 말라 죽어 갔어요.

하늘나라가 혼란스러워지자 땅의 세상도 어지러워졌어요. 비와
바람이 그치지 않고 지진에 홍수까지 밀어닥치자 사람들은 살기
가 어려워졌어요.

"옥황상제 님! 도대체 어떻게 된 일인가요? 우리들은 이제 다
굶어 죽게 생겼답니다. 제발 저희들을 굽어 살펴 주세요!"

사람들은 슬픈 목소리로 옥황상제에게 호소를 했어요. 사람들
의 사정을 들은 옥황상제는 몹시 화가 났지요.

"여봐라! 당장 견우와 직녀를 데려오너라."

옥황상제는 견우와 직녀를 꿇어앉혀 놓고 말했어요.

"견우와 직녀는 듣거라. 너희들이 그동안 게으름을 피우
는 바람에 세상은 큰 혼란에 빠지게 되었다. 이제부터

너희들은 함께 있으면
안 되겠다. 직녀는 은하
수 서쪽 하늘 끝에서
베를 짜고, 견우는
은하수 동쪽 하늘
끝에서 소를 치도
록 해라!"
　이 말을 들은 견우
와 직녀는 하늘이 무
너지는 것 같았어요.
　"제발 저희들을 용서해
주세요."
　"아버님, 저희들은 정말 떨어져서는
살 수가 없어요!"
　견우와 직녀는 눈물을 흘리면서 용서를 빌었지만 옥황상제의
마음은 움직이지 않았어요. 대신 옥황상제는 두 사람의 애타는
마음을 헤아려 한 가지는 허락해 주었어요.
　"내 너희들을 가엾게 여겨 일 년에 딱 한 번만은

만나게 해 주겠다. 그날은 일곱 번째 달의 일곱 번째 날이다.”

그 후 견우와 직녀는 은하수를 사이에 두고 떨어져 살면서 칠석날만을 애타게 기다렸어요. 견우와 직녀가 일 년에 단 한 번 만날 수 있는 음력 칠월 칠일이 바로 칠석날이었거든요.

그러나 견우와 직녀가 일 년을 기다려 서로를 만나기 위해 나왔을 때는 은하수가 두 사람 사이를 가로막고 있었어요. 두 사람은

슬프게 울면서 멀리서 바라보고 있을 수밖에 없었지요.

이 모습을 본 까마귀와 까치들은 두 사람이 너무 불쌍했어요.

"얘들아, 우리가 다리를 놓아 저 둘을 만나게 해 주자!"

"그래, 그것 참 좋은 생각이야."

까마귀와 까치들은 곧 서로의 몸을 이어 다리를 만들었어요. 그 다리를 '까마귀 오(烏)', '까치 작(鵲)' 자를 써서 '오작교'라고 해요. 그 후 견우와 직녀는 매년 까마귀와 까치 덕분에 서로 만날 수 있었다고 해요.

어때요? 정말 아름다운 이야기지요? 견우와 직녀의 이야기는 칠월 칠석에 얽힌 아주 유명한 이야기예요.

견우와 직녀가 까마귀와 까치의 머리를 밟고 지나갔기 때문에 칠월 칠석 다음 날에는 까마귀와 까치들의 머리가 하얗게 벗겨져 있다고 하는데요. 신기한 건 바로 이맘때가 실제로 까마귀, 까치들이 털을 가느라 몸이 하얗게 벗겨지는 때라는 거예요. 견우, 직녀의 이야기와 정말 잘 맞아 떨어지지요?

깊은 밤 하늘을 올려다보면 견우성과 직녀성을 볼 수 있어요. 은하수 동쪽에 떠 있는 독수리 별자리의 가장 밝은 별이 견우별이고요, 은하수 서쪽 거문고 별자리에서 가장 밝은 별이 직녀별이에요.

그런데 이 두 별자리들은 음력 칠월 칠일이 되면 사람의 머리 위쪽으로 높이 떠오르게 되는데요. 이것은 견우와 직녀가 서로 만나기 때문이라고 해요.

또한 이날에는 주로 비가 오거나 흐린 경우가 많은데요. 그것은 견우와 직녀가 일 년 만에 만나서 기쁨의 눈물을 흘리기 때문이래요. 그리고 이튿날 새벽에 비가 내리는 것은 두 사람이 또다시 일 년 동안 헤어져 지낼 것을 생각하며 작별의 눈물을 흘리기 때문이래요.

칠월 칠석 무렵은 바쁜 농사일이 어느 정도 끝나고 극성스럽던 무더위도 한풀 꺾이는 때예요. 지루하던 장마가 끝날 무렵이기도 하고요.

그래서 칠석날 날씨가 좋으면 사람들은 여름 내내 입었던 옷들을 깨끗이 빨아서 햇볕에 널어 말렸어요. 책도 들고 나와 햇볕에 말리고 바람을 쐬게 했지요. 이렇게 칠석날 옷과 책을 말리면 일 년 내내 좀을 먹거나 상하는 일이 없었다고 해요.

이 밖에도 칠석날은 가지나 고추 등 햇것을 맛보는 날이었어요. 새로 난 고추와 가지, 또는 나물을 무쳐서 먹었지요.

그러니까 견우와 직녀가 만나는 칠월 칠석은, 농사일이 한가한 때에 옷과 책 등을 정리하고 새로운 것들을 맛보며 즐기던 즐거운 명절이었던 셈이지요.

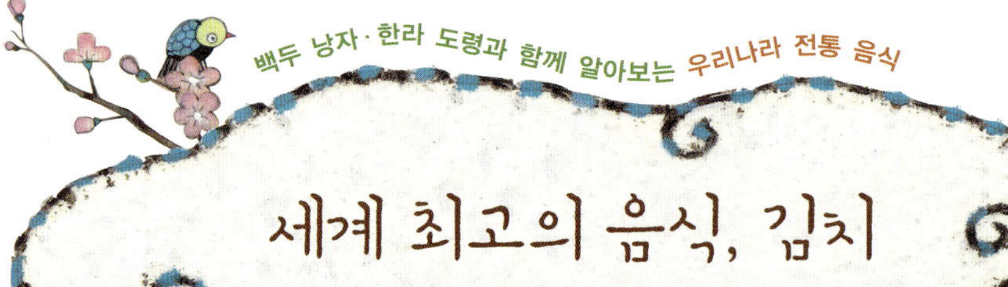

세계 최고의 음식, 김치

우리나라의 가장 대표적인 음식인 김치! 요즘에는 그 맛이 세계에 알려지면서 수출을 할 만큼 인기 있는 음식으로 인정을 받고 있다는데요. 김치의 종류에는 어떠한 것들이 있는지, 또 김치 안에 들어 있는 영양소에는 무엇이 있는지 알고 싶어요.

우리나라에 고춧가루가 들어오기 전에는 배추를 소금으로 절여 후춧가루로 양념을 해서 먹었다고 해요. 그러다가 지금으로부터 3백 년 전쯤에 고춧가루가 들어오면서 오늘날의 김치가 된 것이지요.

김치의 종류는 무척 많아요. 배추김치, 총각김치, 깍두기, 동치미 등 60여 가지나 되거든요. 또 김치에 쓰이는 재료도 1백여 가지나 된다고 하니 정말 어마어마하지요?

또한 김치에는 영양소도 참 많이 들어 있어요. 비타민 C도 풍부하고 소화가 잘되는 성분도 가득 들어 있지요. 또 마늘이 많이 들어가기 때문에 암이 생기는 것을 막아 주는 역할도 해요. 게다가 채소 요리이면서도 젓갈을 넣기 때문

에 단백질도 가득 들어 있지요.

김치 이야기에서는 맛도 빼놓을 수 없는 자랑거리이지요. 김치는 다른 나라의 염장 식품은 가지지 못한 '삭은 맛'을 가지고 있거든요. '염장 식품'이란 소금으로 절여 저장하는 식품을 말해요.

김치의 삭은 맛은 아주 특별해요. 짠맛도 아니고 신맛도 아니면서 잘 익은 맛이 바로 삭은 맛인데요. 신기한 것은 이 삭은 맛이 별로 변하지 않고 계속 지켜진다는 것이에요. 무슨 이유일까요?

그건 바로 고춧가루 때문이에요. 고춧가루에 들어 있는 성분이 김치가 빨리 시어 변하게 되는 것을 막아 주거든요.

이렇듯 우리 조상들은 고춧가루가 이런 화학 작용을 한다는 것을 알고 있었어요. 세계의 어떤 식품보다도 맛있고 영양소가 풍부하면서 가장 과학적인 식품이 우리 김치라니, 정말 자랑스러운 일이지요?

우리가 늘 먹는 김치만도 여러 가지예요.
윗줄 왼쪽부터 시계 방향으로 동치미, 깍두기,
배추김치, 총각김치랍니다.

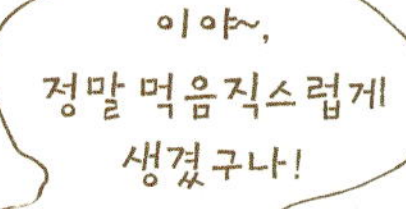

추석 이야기

 넓은 마당에는 마을 처녀들이 하나 둘씩 모여들었어요. 마당에는 커다란 모닥불이 타고 있었지요.

모두 모이자, 처녀들은 손을 마주 잡고 빙글빙글 돌며 노래를 부르기 시작했어요.

하늘에는 별도 총총 강강수월래

동무도 좋고 마당도 좋네 강강수월래

솔밭에는 솔잎도 총총 강강수월래

대밭에는 대도 총총 강강수월래

어디에선가 많이 들어 본 노래라고요? 그래요. 바로 '강강수월래'라는 놀이를 할 때 부르는 노래예요. 강강수월래는 추석날 밤 처녀들이 떼를 지어 춤을 추면서 노는 놀이지요.

강강수월래는 무척 오래전부터 전해 내려왔어요. 강강수월래가 시작된 때를 찾아가려면 이순신 장군이 살던 시절로 거슬러 올라가야 하거든요.

임진왜란 때의 일이에요. 바다를 지키고 있던 이순신 장군은 한

병사에게서 보고를 받았어요.

"장군님, 큰일 났습니다. 왜적이 나타났습니다!"

"그래? 알겠다. 어서 병사들에게 이 사실을 알리고 전투 준비를 하도록 해라!"

이순신 장군은 침착하게 병사들을 이끌고 바다로 나갔어요. 그러고는 큰 싸움을 하게 되었지요.

이순신 장군과 우리 병사들은 목숨을 걸고 용감하게 싸웠어요. 그러나 왜적의 숫자가 워낙 많았기 때문에 싸움은 좀처럼 수그러들 줄 몰랐어요.

싸움이 한창 계속되고 있는 도중에도 이순신 장군은

좋은 방법을 생각해 냈어요.

'이렇게 힘으로만 싸움을 하다간 숫자가 적은 우리 쪽이 질 수도 있다. 그러니 머리를 써야 한다. 우리 편이 지금보다 훨씬 많아 보이게 할 만한 좋은 방법이 없을까?'

그런데 바로 그때, 이순신 장군의 머릿속에 좋은 생각이 하나 떠올랐어요.

'그래, 마을 사람들의 도움을 받는 거야! 산에 불을 붙여 놓고 마을 여자들을 빙빙 돌게 하면 왜적들은 그것이 우리 병사들인 줄 알고 놀라겠지!'

이순신 장군의 생각은 곧 마을 사람들에게 전해졌어요. 마을 여자들은 그날 밤부터 이순신 장군의 말대로 불을 붙여 놓고 춤을 추며 산 주변을 빙글빙글 돌았어요.

그러자 왜적들도 이 모습을 보게 되었지요.

"아니, 저게 무엇이냐?"

"아무래도 남아 있는 조선 병사들인 것 같습니다."

"아니, 저렇게 많단 말이냐? 그렇다면 우리들이 이길 가망은 없다. 어서 철수하도록 하라!"

왜적들은 이순신 장군의 군대가 너무나 큰 줄 알고 두려움에 떨

었고 곧 군대를 철수시켰어요. 그러고는 자기네 나라로 돌아가
버리고 말았지요.

그 후로 마을 사람들은 이날의 기쁨을 기념하기 위해 춥지도 않
고 덥지도 않은 달밤을 택해 '강강수월래'를 부르며 뛰어놀게 된
것이라고 해요.

음력 팔월 한가윗날은 날도 좋고 달도 밝은 데다가 신 나는 명

절이니 강강수월래를 하기에는 가장 좋은 날이었을 거예요.

추석은 아주 오래전부터 조상 대대로 지켜 온 우리의 큰 명절이에요. 이때가 되면 곡식들이 무르익고 열매도 주렁주렁 열리게 되지요. 일 년 동안 애써 기른 곡식들을 거둬들이는 때이니 얼마나 신 나고 즐거웠겠어요?

그래서 추석에는 그 해 처음으로

거둬들인 햇곡식과 햇과일로 조상에게 차례를 지내고, 이웃들과 서로 나눠 먹으며 즐겁게 하루를 보냈지요.

또한 아무리 가난한 사람들도 쌀로 떡을 빚어 먹고 막걸리를 나눠 먹었다고 해요. 그래서 우리 속담 중에 "일 년 열두 달, 3백65일, 더도 덜도 말고 한가위만 같아라."라는 말도 생겨난 거예요. 그만큼 추석은 배부르게 먹을 수 있고 몸도 마음도 기쁜 날이라는 뜻이지요.

그런데 추석은 뭐고 한가위는 또 뭐냐고요? 두 가지 다 같은 말이에요. 음력 8월 15일인 추석을 다른 말로 한가위라고도 부르거든요.

'한'이라는 말은 '크다'라는 뜻이고 '가위'라는 말은 '가운데'라는 뜻을 가진 옛말에서 온 것이라고 해요. 즉, 8월 15일인 한가위는 8월의 한가운데에 있는 큰 날이라는 뜻이지요.

또 '가위'라는 말은 신라 때 길쌈 놀이인 '가배'에서 온 것이라고도 해요. '길쌈'이란 실을 짜는 일을 말하지요.

신라 유리왕 때의 일이었어요. 한가위가 되기 한 달 전이면 나라 안에 있는 베 짜는 여자들은 모두 궁궐로 모여들었어요. 그리고는 둘로 나뉘어 한 달 동안 베를 짰지요. 한 달 뒤인 한가윗날

두 편은 그동안 베를 짠 양을 가지고 승패를 겨루었어요.

"와! 우리 편이 이겼다!"

"아이, 속상해라. 우리 편이 졌네. 자, 어쨌던 이제 잔치를 준비
합시다."

진 편은 이긴 편에게 술과 음식을 마련해서 잔치를 열어 주어야
했거든요.

그런데 잔치에 노래와 춤이 빠질 수는 없지요. 잔치가 시작되면
진 편에서 한 여자가 일어나 춤을 추며 소리를 했어요. "회소, 회
소" 하는 소리를 하며 길쌈 놀이에서 진 것을 슬퍼하는 내용이었
어요.

그런데 이 노래가 얼마나 애처롭고 슬펐는
지 사람들은 이 소리를 따라 노래를 지어 불렀
어요. 그 노래의 이름을 '회소곡'이라고 했고요.

그리고 이렇게 길쌈 놀이에서 진 편이 이긴 편에게 잔
치와 춤으로 갚은 것에서 '가배'라는 말이 나왔대요. 그리고 이
말이 후에 '가위'라는 말로 변하게 된 것이구요.

이렇듯 한가윗날 베를 짜는 풍습은 오랫동안 지켜
져 내려왔어요. 베를 짜면서 명절로 들뜨기 쉬운
마음이 차분하게 가라앉았다고 하니 참 여러
가지로 도움이 되는 풍습이었지요?

또한 추석날에는 많은 풍습과 놀이를 지키고
즐겨 왔어요. 앞에서 말한 강강수월래도 이런 놀
이의 하나이고 이 외에도 씨름 대회, 활쏘기 대회,
농악, 거북 놀이 등 많은 놀이들을 했지요.

그런데 추석은 이렇게 놀고 즐기기만 하는
날은 아니에요. 이런 놀이들은 가족들이 모
두 모여 차례와 성묘
를 마친 후에 하는

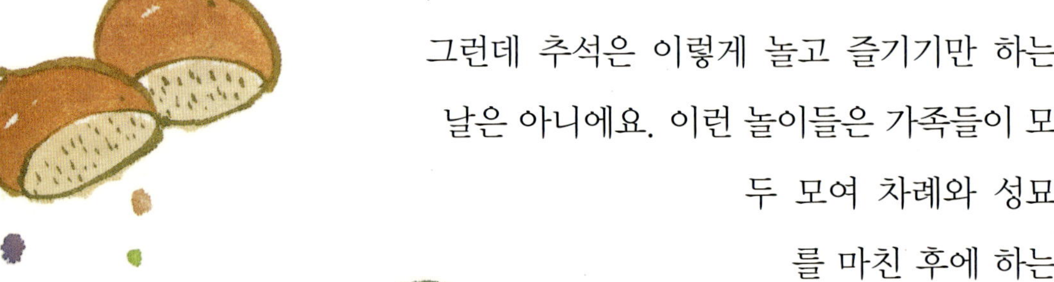

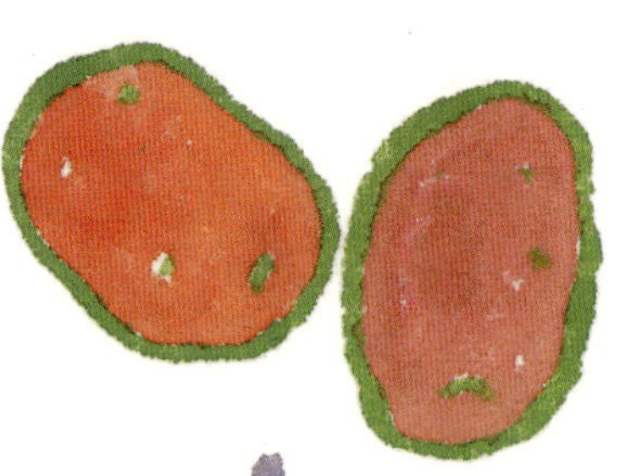

것이었으니까요.

　우리의 옛 어른들은 추석날
아침에도 차례를 지냈어요. 새로
나온 햇과일과 햇곡식으로 차례상을 차려
제사를 드리면서 한 해에 거둬들인 것을
보고드리는 것이지요.

　그리고 차례가 끝나고 나면 아침을 먹은
후 조상의 산소에 성묘를 하러 갔어요. 산소
를 돌아본 다음 묘 앞에 앉아 이런저런 얘기를
나누고 있는 모습은 추석에 볼 수 있는 참 정다운
모습이지요.

　이렇듯 우리의 명절 추석은 즐겁고 신 나는
날인 동시에 그런 즐거움을 얻은 것에 대
한 감사를 잊지 않는 날이었어요. 햇과일
하나만 보아도 조상들에게 감사드릴 줄
알았던 옛 어른들의 겸손한 마음은 우리도
꼭 배워야 할 거예요.

3천 년을 이어 온 맛, 떡

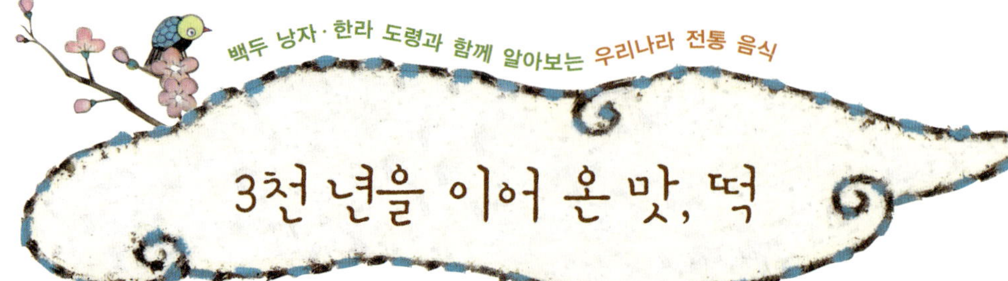

우리 속담에 "어른 말을 들으면 자다가도 떡이 생긴다."라는 말이 있는데요. 여기서 말하는 떡은 맛있는 것, 좋은 것을 가리키는 말이래요. 그만큼 떡은 우리의 음식을 대표하는 중요한 음식 중 하나란 얘기겠죠. 명절날에 만들어 먹는 떡에는 어떤 것이 있는지 알고 싶어요.

우리나라 사람들은 기쁜 일이나 슬픈 일을 겪을 때와 중요한 행사를 할 때마다 꼭 떡을 만들어 먹었어요. 이때 만들어 먹는 떡들은 행사마다 종류도 참 다양했지요.

떡은 우리 민족이 농사를 짓던 시절부터 만들어진 것이라고 해요. 쌀농사를 짓기 시작한 때부터였으니까 지금부터 약 3천 년 전부터 떡을 만들어 먹은 것이지요. 정말 어마어마하게 오래된 음식이지요?

명절날 만들어 먹는 떡에는 여러 가지 종류가 있어요. 시루떡, 수수팥떡, 백설기, 인절미 등 그 수를 세기 힘들 정도이지요. 그중에도 명절에 먹는 떡으로 가장 유명한 것은 바로 송편이에요.

송편은 추석에 만들어 먹는 떡이에요. 한가위 전날, 둥근 달 아래에서 온 식구가 모여 앉아 도란도란 이야기를 나누며 송편을 빚는 모습은 참 정겹지요.

'송편'이라는 이름은 한글로 '솔떡'이라고 하는데요. 이것은 송편을 찔 때 솔잎을 깔고 찌기 때문에 생긴 이름이에요. 솔잎을 깔아 놓고 떡을 찌면 떡에 솔잎 자국이 나고 은은한 솔 내음이 풍겨 나온답니다.

요즘에도 추석에는 송편을 빚어 먹는 풍습이 그대로 지켜지고 있어 참 다행이에요. 올 가을에는 꼭 송편을 직접 빚어 보세요. 그런데 될 수 있으면 예쁘게 빚는 것이 좋아요. 송편을 예쁘게 빚어야 나중에 예쁜 아기를 낳는다고 하거든요.

임금의 탄신일에 빠짐 없이 올랐던 떡 중 가장 귀했던 궁중 최고의 떡인 **두텁떡**은 맛이 훌륭하고 정성도 많이 들어간답니다. 시루에 안칠 때 봉우리 모양으로 소복하게 앉혔다고 해서 '봉우리떡'이라고도 하지요.

중양절 이야기

음력 9월 9일은 중양절이에요. 중양절은 다른 말로 '중구일'이라고도 하지요. 중양절은 '9'자가 두 번 겹친 날이에요.

우리의 옛 어른들은 홀수가 두 번 겹치면 복이 들어오는 좋은 날이라고 생각해 명절로 삼았어요. 단오나 칠석날을 명절로 삼은 것도 같은 이유이지요.

중양절에는 높은 곳에 올라가 국화로 빚은 술을 마시며 즐겁게 놀았어요. 술친구를 찾아가 놀거나 술을 선물하기도 했고요.

그런데 왜 하필이면 높은 곳에 올라가 국화주를 마시는 것일까요? 여기에는 중국에서 전해 오는 이야기가 있지요.

옛날 중국 어느 마을에 장방이라는 사람이 살고 있었어요. 그런데 장방은 보통 사람과는 다른 면이 있었어요. 앞일을 내다볼 줄 아는 신통한 능력을 가지고 있었던 거예요.

어느 날 장방은 환경이라는 사람을 찾아가서 이렇게 말했어요.

"돌아오는 9월 9일에 이 고을에 큰 재앙이 내릴 것이오."

"예? 재앙이라고요?"

이 말을 들은 환경은 깜짝 놀랐어요. 장방은 말을 이었어요.

"그러나 그 재앙을 피할 수 있는 방법이 있소. 9월 9일에는 집에 있지 말고 식구들을 모두 데리고 높은 산으로 올라가시오. 주

머니에 수유꽃을 넣었다가 팔에 걸고 올라가야 하오. 산에 다 오
르면 국화주를 마시도록 하시오. 그러고 나서 해가 진 후에 집에
돌아오도록 하시오. 내 말대로 하면 이번 화를 피할 수 있을 것
이오.”

　장방의 말이 끝나자 환경은 고개를 끄덕이며 그의 말을 듣기로
했어요.

　마침내 9월 9일이 되자 환경은 식구들을 데리고 산에 올라가 국

화주를 마시며 하루를 보냈어요. 그리고 장방의 말대로 해가 떨어진 후에 식구들과 함께 집으로 돌아왔어요.

집에 도착한 환경은 깜짝 놀라고 말았어요.

"아니, 이럴 수가…… 가축들이 모두 죽었잖아?"

집 안에 있던 소, 돼지, 닭 등 모든 가축들은 한 마리도 남김없이 죽어 있었어요. 만약 장방의 말을 듣지 않고 그대로 집에 있었다면 환경과 그 식구들은 모두 목숨을 잃을 뻔했던 것이지요.

그 뒤로 9월 9일 중양절이 되면 사람들은 산에 올라가는 풍습을
지키게 되었다고 해요. 그리고 중양절에는 잊지 않고 국화주를
마시게 되었고요.

중양절 무렵은 국화가 잔뜩 피어나는 계절이에요. 그래서 9월
을 '국화의 달'이라고도 하지요. 중양절에는 그 국화를 따다가
술을 빚기도 했지만 국화전을 만들어 먹기도 했어요. 국화 꽃잎
을 따다 찹쌀가루와 반죽을 해서 둥글게 지져 전을 부쳐 먹은 것
이지요.

전해 오는 얘기에 따르면 중국의 궁궐 안에서 가패란이라고 하
는 궁녀가 9월 9일에 국화로 떡을 만들어 먹었대요. 그래서
그 후부터 이날엔 국화전을 해 먹는 풍습이 생겨났다는
거예요. 삼진날 진달래전을 해 먹는 것처럼 말이에요.
또한 국화주와 국화전 외에 화채도 만들어 먹었어
요. 화채를 어떻게 만들었냐고요? 가을이면 노랗게
달리는 유자를 따다 송송 썰어서 꿀물에 타는 거예
요. 그리고 여기에다 석류알과 잣을 동동 띄우면 맛

있고 시원한 화채가 되는 것이지요.

화채는 새콤달콤한 게 입안에서 살살 녹는 맛이
일품이에요. 그래서 이것을 조상신에게 올리기도 했다고 해요.

이렇듯 중양절은 국화전과 국화주를 먹고 마시며 하루를 즐기
던 신 나는 명절이에요.

그런데 우리 조상들은 중양절이 이렇게 좋은 날인데도 이날에
는 결혼식이나 잔치를 열지 않았어요. 좋은 날인데 왜 피했던 것
일까요?

그건 바로 좋은 날이 누구 한 사람을 위한 날이 되어서는 안 된
다는 생각 때문이었어요. 남이 즐길 수 있는 좋은 날에 자기 집 잔
치로 폐를 끼쳐서는 안 된다는 뜻이었지요.

이렇게 우리 조상들은 어떤 일을 정할 때에도 반드시 여러 사람
들을 두루 생각해서 결정하는 분들이었어요. 참 생각이 깊은 분
들이지요?

중양절은 국화의 계절이면서 또한 단풍의 계절이기도
해요. 국화주를 들고 애써 산에 올라갔는데 그냥 내려올 수는
없겠지요? 그래서 산에 오른 사람들은 이곳저곳을 둘러보며 온
산을 물들인 단풍을 즐겼어요.

그리고 산을 내려오면서 새빨갛게 물든 단풍나무 가지나 노란
국화를 꺾어 집에 가져왔지요. 집에 와서 꽃병에 꽂아 두고 오래

오래 단풍을 즐기고 싶은 마음에 그렇게 한 거예요.

또 자기 집 마당에 석류나무가 있는 집에서는 석류 열매가 붙은 나뭇가지를 꺾어 꽃병에 꽂아 두기도 했대요.

어느 것이든 가을의 운치를 마음껏 즐기려는 우리 조상들의 멋스러움이 가득 담겨 있는 풍습이에요.

중양절은 사실 추석처럼 큰 명절은 아니었어요. 그래서 특별한

놀이를 하지는 않았어요. 그 대신 음식을 만들어 가지고 산과 들을 찾아가 하루를 즐겁게 놀았어요.

요즘도 가을이 되면 소풍을 가지요? 중양절은 바로 그런 소풍과 같은 것이었다고 할 수 있을 거예요.

또 해마다 중양절이 되면 바뀌는 것들이 있었어요. 우선 기러기가 그런 것 중의 하나예요.

기러기는 가을이 되면 우리나라에 찾아왔다가 봄이 되면 떠나는 철새예요. 그런데 이 기러기가 우리나라를 찾아오는 날이 바로 중양절이래요.

또 그 반대로 가을에 떠났다가 봄에 찾아오는 새도 있어요. 바로 제비이지요. 제비는 중양절이 되면 다시 강남으로 돌아간다고 해요. 그러니까 중양절은 우리나라를 찾아온 철새가 제비에서 기러기로 바뀌는 날인 거예요.

중양절이 되면 바뀌는 것들이 이것 말고도 또 있어요. 여름에 그렇게 극성을 부렸던 모기가 시원한 바람이 솔솔 부는 어느 날

갑자기 사라지지요? 그날도 바로 중양절이라고 해요.

또 뱀이나 개구리도 이날 사라진대요. 땅속에서 겨울잠을 자기 위해 사라지는 것이지요. 그러니까 중양절부터는 겨울을 날 수 있는 동물들만 남게 되는 거예요.

즉, 중양절 이후부터는 가을이 가고 계절이 바뀌게 되는 것이라고 할 수 있어요. 어쩌면 중양절은 무르익은 가을을 마지막으로 즐기기 위한 명절이었는지도 모르겠어요.

조상의 멋이 담긴 화전

우리의 전통음식 가운데 빼놓을 수 없는 것 중 하나가 화전이에요. 화전은 꽃을 넣고 지지는 전을 가리키는 말이래요. 화전은 어떻게 만들어지는지, 또 계절별로 만들어 먹는 화전의 종류에는 어떠한 것들이 있는지 알고 싶어요.

화전을 만드는 법은 참 간단해요. 우선 깨끗한 꽃을 따서 꽃술을 떼어 내지요. 그러고는 찹쌀가루를 따뜻한 물로 반죽해서 밤톨만큼씩 떼어 내어 동글납작하게 만들어요. 그러고 나서 그 위에 손질해 둔 꽃을 붙인 후 기름에 지져 내면 훌륭한 화전이 되지요.

그런데 꽃을 먹었다니 참 이상하다고요? 그건 화전을 잘 모르고 하는 이야기예요. 화전은 정말 예쁘고 향기로운 음식이거든요. 봄에 먹는 화전은 진달래전이었어요. 제비가 돌아온다는 삼월 삼짇날은 산에 올라가 봄을 즐기는 명절이에요. 바로 이날 산에 가득 피어

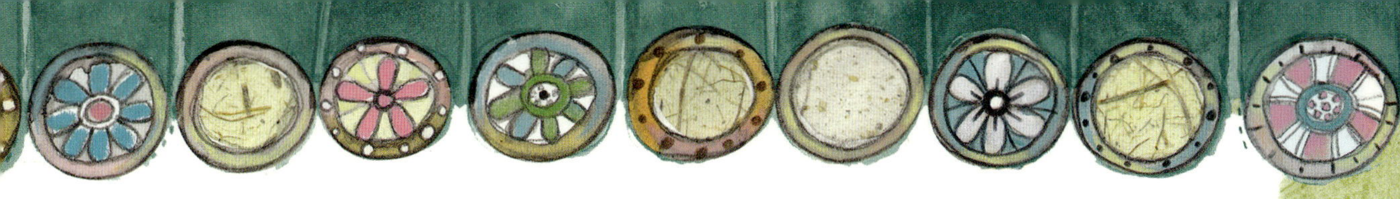

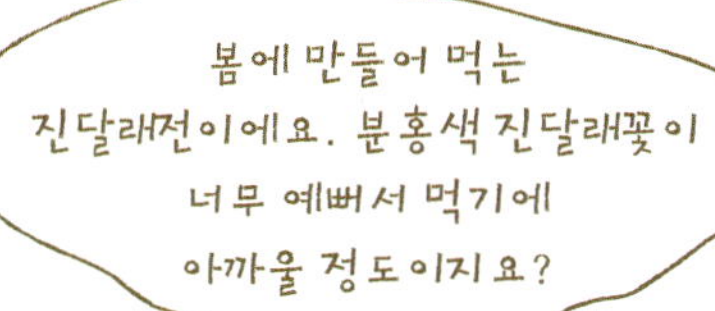

있는 진달래를 따서 전을 만들었지요. 연분홍빛 진달래꽃을 둥근 전 위에 얹어 지지면 보기만 해도 침이 꿀꺽 넘어갔대요.

그렇다고 봄에만 화전을 만든 것은 아니에요. 여름엔 노란 장미를 올려 화전을 만들었구요. 가을인 중양절엔 국화 꽃잎을 넣어 만들었고요. 또 꽃이 없는 겨울에는 대추와 쑥갓 등으로 장식을 해서 만들었지요. 그러니까 그때그때 계절에 따라 재료를 달리하여 계절의 향기를 느낄 수 있는 화전을 만들어 먹었던 거예요.

산과 들에 아름답게 핀 꽃들을 음식으로 만들어 먹을 줄 알았다니 우리의 옛 어른들은 정말 멋있는 분들이지요?

동지 이야기

중국 진나라에서 있었던 이야기예요. 공공이라는 사람에게 골칫덩어리 아들이 하나 있었어요.

"애야, 아직도 잠만 자고 있느냐?"

"이 녀석아! 이제 아비 속 좀 그만 썩이거라, 응?"

"오늘은 또 무슨 사고를 저지른 게야?"

공공은 아들 때문에 하루도 맘 편하게 지내는 적이 없었어요. 아들이 계속 마음에 들지 않는 일만 저지르고 다녔거든요.

그러던 어느 날 낮이 가장 짧고 밤이 가장 긴 날인 동짓날 공공의 말썽쟁이 아들이 그만 죽어 버렸어요.

"아이고, 이게 무슨 날벼락이냐!"

공공과 식구들은 아들의 죽음을 몹시 슬퍼했어요. 그런데 문제는 그때부터 시작되었어요. 동짓날 죽은 말썽쟁이 아들이 역질 귀신이 된 거예요.

'역질'은 천연두라는 무서운 전염병이에요. 지금은 예방 주사를 맞으면 걸리지도 않는 병이지만 옛날에는 정말 무서운 병이었어요. 고칠 수 있는 아무런 방법이 없었거든요. 그래서 마을에 역질이 돌게 되면 마을 사람들 대부분이 꼼짝없이 앓다가 죽어 버리곤 했지요.

공공은 아들의 넋이 역질 귀신이 된 것을 알게 되자 가만히 앉아 있을 수가 없었어요. 역질 귀신이 된 아들이 이집 저집 떠돌아다니면서 역질을 옮겼다간 마을은 금세 병자들로 우글우글해질 게 뻔했기 때문이지요.

'아무리 내 아들이었다고 해도 이대로 그냥 둘 수는 없어. 어떻게 해야 역질 귀신을 몰아낼 수 있을까?'

공공은 곰곰이 생각에 잠겼어요. 그런데 바로 그때 공공의 머릿속에 떠오르는 것이 하나 있었어요.

'그래! 그 애는 팥을 무서워했어. 그렇다면 역질 귀신이 된 지금도 팥을 무서

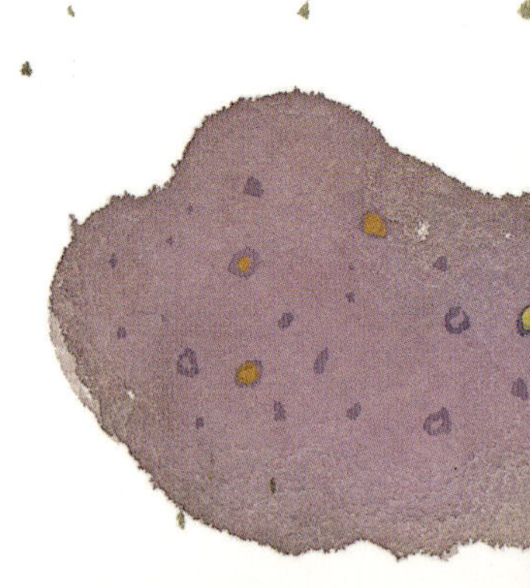

워할지도 모르지.'

공공은 아들이 팥을 무서워했었다는 기억을 떠올리고는 곧 팥
죽을 쑤기 시작했어요. 드디어 붉은 팥죽이 부글부글 끓어오르자
공공은 팥죽을 떠서 대문간과 마당 구석구석에 뿌렸어요.

그런데 이때 마침 역질 귀신이 된 아들이 공공의 집으로
찾아왔어요.

"으악, 이게 뭐야? 내가 제일 무서워하는 팥죽
이잖아!"

귀신은 대문간에 뿌려져 있는 팥죽을 보고는 집
에 들어갈 엄두도 내지 못하고 달아나 버리고
말았어요.

그날 이후로 사람들은 해마다 동짓날이 되

면 팥죽을 쑤기 시작했대요. 역질 귀신을 물리치기 위해서 말이
에요.

이 이야기는 동짓날에 팥죽을 왜 먹게 되었는지에 관한 내용이
에요. 옛날 책에 적혀 있었던 이야기가 정말인지는 확실하게 밝
혀져 있지 않아요. 그러나 ‘팥죽은 귀신을 몰아내는 것’이라는
이야기는 여러 책에 쓰여 있지요.

동지는 일 년 중 낮이 가장 짧고 밤이 가장 긴 날이에요. 이날부
터 해가 다시 조금씩 길어지지요. 그래서 속담에 “동지 지난 지
열흘이면 해가 노루 꼬리처럼 길어진다.”라는 말도 있어요.

먼 옛날 우리 조상들은 동지를 ‘아세’라고도 했어요. ‘아세’란
‘작은 설’이라는 뜻의 한자 말이에요. 동지는 해가 다시 길어지
기 시작하는 날이기 때문에 다음 해가 시작되는 날이라고 생각했
던 것이지요.

그래서 동지는 설날만큼 중요한 명절로 지켜 왔다고 해요. 동짓
날 서로 달력을 주고받는 풍습이 생긴 것도 이런 생각에서 온 것
이지요.

하지만 동짓날 풍습 중에서 가장 중요한 것은 뭐니 뭐니 해도
팥죽을 쑤어 먹는 것이었어요. 동지 팥죽을 쑤어 먹으면 앞에 나

온 공공의 이야기에서처럼 나쁜 귀신을 물리칠 수 있다고 여겼기 때문이에요.

그런데 동지 팥죽이 다 되었다고 해서 대뜸 먼저 먹으면 안 돼요. 먼저 사당에 올리고 각 방과 장독, 헛간 등 집 안 여러 곳에 담아 놓았다가 식은 다음에 먹어야 해요. '사당'은 죽은 조상의 이름을 나무에 적어 모셔 놓은 곳이에요.

그런데 우리 조상들은 왜 귀신들이 팥을 무서워한다고 생각했던 것일까요?

팥은 곡식들 중에서도 유난히 붉은색을 지닌 것이에요. '붉다'는 말은 원래 '밝다'는 말에서 온 것이지요.

옛날 사람들은 귀신이 밝은 것, 즉 붉은 것을 싫어하기 때문에 그런 색이 있을 때 달아나거나 나타나지 않는다고 생각했어요. 그래서 귀신을 쫓을 땐 붉은 것을 대문에 걸어 두거나 붉은색을 칠하곤 했던 거예요.

남자 아기를 낳은 집에 붉은 고추를 꿰어 걸어 놓은 새끼줄을 본 적이 있나요? 이것도 고추의 붉은색이 나쁜 귀신을 몰아낸다고 믿었기 때문에 생긴 풍습이에요.

또 우리 조상들이 집 앞에 맨드라미나 봉숭아 같은 꽃을 열심히

심었던 것도 나쁜 귀신들이 들어오지 못하도록 막기 위해서였다
고 해요.

　소녀들은 봉숭아 꽃잎을 찧어 손톱에 물을 들이기도 했어요. 이
것은 단순히 손톱을 예쁘게 꾸미려는 생각에서 나온 것이 아니에

요. 귀신이 가장 좋아하는 사람이 소녀들이었대요. 그래서 소녀
들은 손톱에 빨간 물을 들여서 귀신이 가까이 오지 못 하도록 막
았던 것이래요.

그런데 팥으로 죽만 쑤어 먹은 게 아니었어요. 옛날 사람들은

병이 나는 것도 나쁜 귀신이 몸에 들어왔기 때문이라고 생각했어요. 그래서 마을에 전염병이 유행할 때에는 그 마을의 우물에 팥을 넣어 두기도 했어요. 그렇게 하면 물이 맑아지고 질병이 사라진다고 믿었기 때문이에요.

이런 생각들은 요즘 우리들의 풍속에도 그대로 남아 있어요. 아기들의 백일이나 돌잔치 때가 되면 수수팥떡을 하지요? 이것도 나쁜 귀신을 몰아내고자 하는 뜻이 담긴 풍습이에요.

그런데 동짓날이 되어도 팥죽을 쑤어 먹지 않는 때가 있어요. 그것은 바로 '애동지'때예요.

동지는 주로 음력 11월 안에 들게 되는데요. 그런데 만약 음력 11월 10일 이전에 들면 애동지라고 해요. 옛 조상들은 바로 이 애동지가 되었을 때 팥죽을 쑤어 먹으면 아이들에게 나쁘다고 생각했어요. 그래서 사람들은 음력 11월 중순 이후에 든 동지 때에만 팥죽을 쑤어 먹었대요.

그런데 만약 동짓날이 되어도 팥죽을 쑤어 먹지 않으면 어떻게 되는 걸까요? 이날 팥죽을 먹지 않으면 귀신을 막지 못할 뿐만 아니라 쉽게 늙는다고 해요. 또 잔병도 많이 생겨서 일 년 내내 몸이 불편해진다고 생각했어요.

이런 풍습은 오늘날까지도 끊어지지 않고 잘 지켜져 내려오고 있지요. 팥죽을 쑤어 먹으며 다음 한 해도 잘 지낼 수 있기를 빌면서 말이에요.

이제 동짓날이 되면 꼭 엄마가 해 주시는 팥죽을 한 그릇 다 먹도록 하세요. 그리고 우리 조상들이 그랬던 것처럼 다음 해에도 건강하기를 빌어 보면 더 좋겠지요?

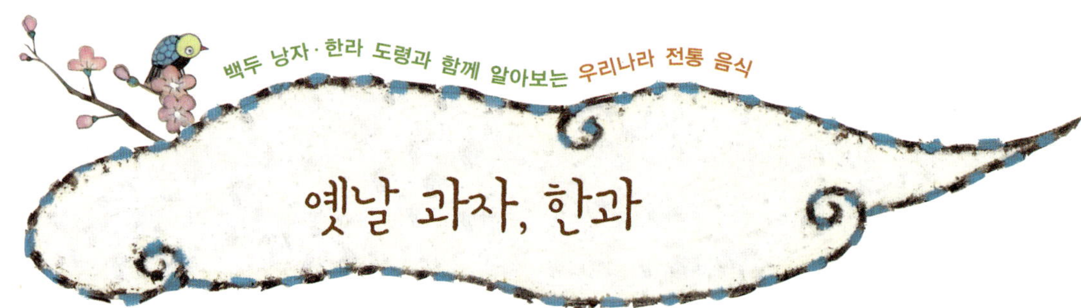

옛날 과자, 한과

보기에는 간단하게 금방 만들어질 것 같지만, 손이 많이 가고 정성이 가득 들어가는 음식이 한과래요. 여러 가지 방법으로 만드는 우리의 전통 과자인 한과에는 어떠한 것들이 있는지, 또 어떻게 만들어지는지 알고 싶어요.

한과는 생일이나 설, 추석 같은 명절에 차례상에 올려놓기 위해 만들었어요. 그리고 세배하러 오는 아이들에게 세뱃값으로 싸 주기도 하였지요.

한과의 종류는 다 셀 수도 없을 만큼 많아요. 그중에서 가장 대표적인 것이 유과와 약과 같은 것들이지요.

유과는 잔칫상이나 제사상에 절대로 빠지지 않는 과자예요. 입에 넣으면 바삭 부서지면서 사르르 녹는 맛이 최고이지요.

약과는 밀가루에 기름과 꿀, 또는 술을 넣고 반죽해서 튀긴 과자예요. 옛날 우리 음식에는 '약' 자가 들어가

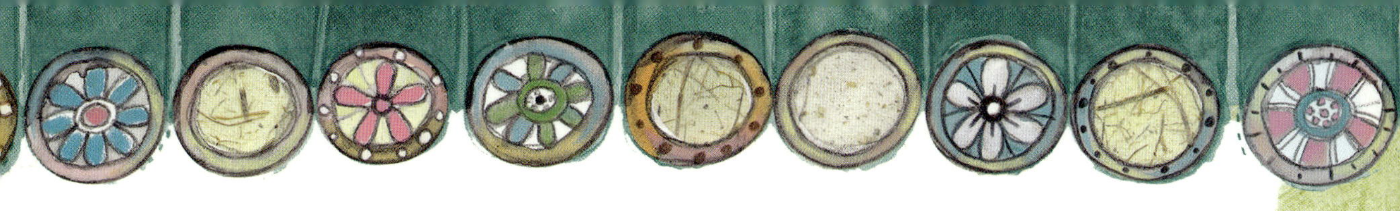

는 음식이 많았는데요. 그 이유는 옛 어른들이 꿀은 약이라고 생각했기 때문이래요. 그래서 꿀이 들어가는 음식에는 '약'자를 붙여서 이름을 지었대요.

우리 조상들은 과자를 만들 때 정성을 함께 넣어 빚었어요. 그리고 서로 명절 선물로 보내기도 했지요. 요즘엔 외국 과일이나 갈비 세트 등을 시장에서 사 보내고 마는 경우가 많은데요. 한과는 이런 것들과는 비교할 수 없는 정성이 담긴 선물이었답니다.

섣달 그믐
이야기

"피유웅!"

"퍼엉!"

궁궐 안에서는 대포가 쏘아 올려지고 있었어요. 대포 소리는 꼭 천둥 소리처럼 온 성 안을 울리며 퍼져 나갔어요.

"징징징……."

"둥둥둥……."

한편 궁궐 한쪽에서는 환하게 불을 켜 놓고 사람들이 잔뜩 모여 있었어요. 그들 중에는 가면을 쓴 사람들도 보였어요. 쥐, 소, 호랑이 등 열두 마리의 동물 귀신 가면들을 쓰고 있었어요. 그중에는 다른 가면을 쓴 사람들도 몇몇 섞여 있었지요.

시간이 되자 붉은 옷을 입고 가면을 쓴 사람들이 주문을 외우며 징을 쳤어요. 그러자 열두 마리의 동물 가면을 쓴 사람들이 도망을 쳤어요.

이것은 나쁜 귀신들을 물리치기 위해 섣달 그믐날 궁궐에서 치르던 행사의 한 모습이에요. 이렇게 하면 귀신들과 재앙이 물러간다고 믿었거든요. 대포를 쏘고 징을 두드리는 것도 귀신이 듣고 놀라서 달아나라고 하는 풍습이었지요.

섣달 그믐날은 일 년의 마지막 날이에요. 또 새해를 맞기 하루 전날이기도 하지요. 이날은 지난 한 해 동안 했던 것들을 모두 마무리하는 날이에요. 남에게 빚을 졌던 사람은 해를 넘기지 않기 위해 이날에 모두 갚았다고 하지요.

충청도 지방에서는 한 해의 마지막 밤인 만큼 집에 저녁밥을 남기지 않고 말끔히 먹는 풍습이 있었대요. 또 바느질한 것이 남아 있으면 이날 모두 했다고 해요.

또한 섣달 그믐날엔 집 안에 있던 묵은 약들을 모조리 꺼내어 불에 태워 버리기도 했어요. 약이 타는 냄새를 따라 질병도 모두 없어지라는 뜻이었지요. 어느 것이든 새로운 마음으로 새해를 맞고 싶은 소망에서 나온 풍습이었을 거예요.

이렇듯 섣달 그믐에는 재미있는 풍습들이 많이 있었는데요. '묵은 세배'도 그중의 하나이지요.

12월에 웬 세배냐고요? 흔히 세배 하면 새해의 첫인사로 알고 있지요. 그런데 우리 조상들은 한 해의 마지막 날에도 세배를 드렸어요. 이 세배를 묵은 세배라고 해요. 그동안 무사히 잘 보냈다는 것을 알리는 인사이지요.

인사로 시작해서 인사로 한 해를 마무리하는 것만 보아도 우리 민족은 역시 예의를 잘 아는 민족이라는 것을 알 수 있어요.

또 섣달 그믐날엔 대청소를 하는 것도 잊지 않았어요. 혹시 ‘아유, 지겨워. 청소라면 지긋지긋해!’라고 생각하는 사람이 있나요? 아니면 ‘그냥 지나가도 되겠지 뭐.’라고 생각하며 청소를 게을리 하나요?

그런데 이런 생각으로 청소를 하지 않는다면 나쁜 일이 생길지도 몰라요. 대청소를 하는 것은 지난 해 동안 집에 들어와 있던 나쁜 귀신들과 재앙을 버리는 것이기도 하거든요.

내가 청소를 안 했다가 우리 집만 나쁜 귀신이 바글바글하면 어떻겠어요? 그러니 조금 귀찮아도 씩씩하게 일어나서 깨끗이 집 안팎을 치우도록 하세요.

또 섣달 그믐날의 풍습으로 ‘부엌 귀신 맞이’도 빼놓을 수 없어요. 부엌 귀신을 맞이한다니 정말 이상하지요? 지금까지는 귀신을 쫓기 위해 여러 가지 풍습들을 지켜 왔으면서 말이에요.

그런데 이 부엌 귀신은 나쁜 귀신이 아니에요. 사람을 해치기 위해서 오는 그런 귀신들과는 다른 귀신이에요. 부엌에 살면서 집안을 보살펴 주는 귀신이거든요.

부엌 귀신은 음력 12월 25일이 되면 살고 있던 자리를 떠나 하느님이 살고 있는 하늘나라로 들어간대요. 그러고는 하느님께 자

기가 사는 집 사람들이 한 짓을 다 고해 바친대요.

"하느님, 우리 집 개똥이는 매일 동생을 때려요. 도대체 왜 그러는 건지 모르겠어요."

"하느님, 칠복이 아버지는 술을 너무 많이 마시는 것 같아요. 지난번엔 술을 얼마나 마셨는지 뒷집 점돌이 집이 자기 집인 줄 알고 그 집 마루에 벌렁 누워서 자던걸요."

"하느님, 바우 엄마는 참 부지런한 사람이에요. 이 마을에서 제일 먼저 일어나 물을 길러 가는 사람도 바우 엄마거든요."

이렇게 부엌 귀신들은 자기가 사는 집에서 있었던 일을 하느님께 다 말씀드린 후에 섣달 그믐날 밤 다시 집으로 돌아온다고 해요. 그래서 사람들은 부엌 귀신이 길을 잃지 않고 제자리로 잘 돌아오라고 집 안 곳곳에 밤새도록 불을 환하게 켜 놓았어요. 부엌의 솥 위에까지 불을 켜 놓았다고 하니, 그믐날 밤은 마을 안이 온통 환했을 거예요.

그런데 이렇게 불을 밝힌 풍습은 부엌 귀신을 위한 것뿐만 아니라 '해지킴'을 하기 위해서이기도 했어요.

'해지킴'이란 섣달 그믐날 불을 켜 놓고 뜬눈으로 밤을 새우는 풍습을 말해요. 잠을 자지 않고 묵은 해가 가는 것을 지킨다고 해

서 해지킴이라는 이름이 붙게 된 것이지요. 이렇게 하면 새해에
복을 얻을 수 있다고 믿었던 거예요.

 그런데 해지킴을 하지 못하고 그냥 자면 어떻게 될까요? 만약
그냥 잠이 든다면 다음 날 아침에는 눈썹이 새하얗게 변한다고

해요. 그래서 섣달 그믐날엔 아이들도 졸린 눈을 비비며 잠을 자
지 않았어요.
　하지만 참지 못하고 잠이 든 아이가 있으면 눈썹에 밀가루 칠을
해서 하얗게 만들었지요. 다음 날 아침 눈썹이 하얗게 된 것을 보

고 놀라는 아이를 보면서 사람들은 한바탕 신 나게 웃기도 했
대요.

　또한 섣달 그믐에는 '대불 놓기'라는 것도 했어요. 이것
은 자정 무렵 마당에 불을 피운 뒤 푸른 대나무를 태우는
거예요. 대나무 마디에서는 탈 때마다 요란한 소리가
나요. 그래서 이것을 '대불 놓기'또는 '폭죽'이라
고 불렀지요. 이렇게 하면 집 안에 있었던
잡귀신들이 놀라서 달아나기

때문에 깨끗한 새해를 맞이할 수 있다고 생각
했던 거예요.

이렇게 섣달 그믐날은 다음 날인 새해 첫날을 맞이하기 위해
몸과 마음을 단장하는 날이었어요. 집 안팎도 치우고 귀신도 쫓
으면서 마음가짐을 새롭게 했지요.

이제부터 섣달 그믐날이 되면 옛날 우리 조상들이 그랬던 것처
럼 집 안 청소도 하고 불을 켜 놓고 밤을 새워 보기로 해요. 잠드
는 식구 눈썹에 밀가루 칠을 해 보는 것도 정말 재미있을 거예요.
또 해지킴을 한 것이니 새해에 복도 더 많이 받겠지요?

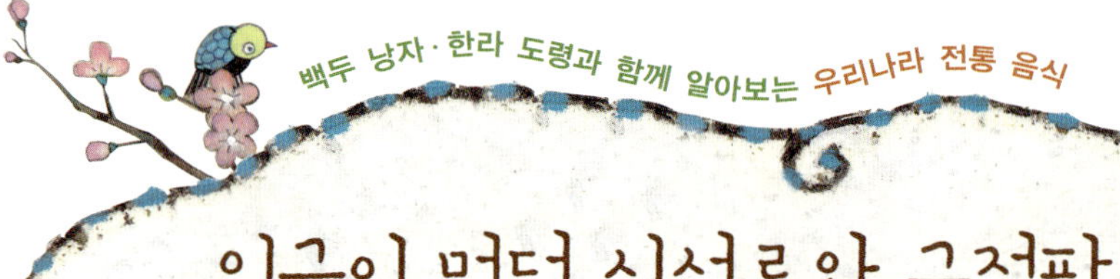

임금이 먹던 신선로와 구절판

신선로와 구절판은 우리의 전통 음식 중에서도 아주 고급스러운 음식이었어요. 그래서 옛날에는 임금님과 같은 높은 분들의 상에만 올리곤 했대요. 신선로와 구절판이 어떤 음식인지 자세히 알고 싶어요.

신선로는 가운데에 불구멍이 있는 그릇에다가 채소, 고기 등을 돌려 담고 장국을 부어 끓이는 탕을 말해요. 갖가지 재료를 넣는 데다가 정성도 많이 들어가는 음식이라서 '열구자탕'이라고도 하지요. 열구자탕이란 '입을 즐겁게 해 주는 탕'이라는 뜻이에요. 그러니 신선로가 얼마나 맛있는 음식인지는 짐작할 수 있겠지요?

구절판은 원래 아홉 칸으로 나누어진 그릇의 이름이에요. 그런데 나중에 그릇의 이름이 그냥

임금과 같은 높은 분들이 먹던 신선로예요. 가운데에 불구멍이 있는 그릇이 특이하지요?

음식 이름이 된 것이지요.

　구절판은 밀가루로 지진 얇은 떡에 여덟 가지 재료를 넣어서 싸 먹는 음식이에요. 쇠고기 볶은 것, 표고버섯, 오이, 당근, 숙주, 석이버섯, 달걀 흰자, 달걀 노른자를 여덟 칸에 돌려 담고, 가운데 칸에다가는 밀가루 전을 담았지요. 먹을 때엔 겨자장이나 초장을 넣어 먹으면 더 맛이 있어요.

　신선로와 구절판은 자주 만들어 먹는 음식이 아니에요. 하지만 이 음식이 계속 후손들에게 이어질 수 있도록 끊임없이 관심을 가져야겠어요. 만약 이 음식들이 서양 음식에 밀려나 버린다면 전통을 잃는 것이나 마찬가지일 테니까요.

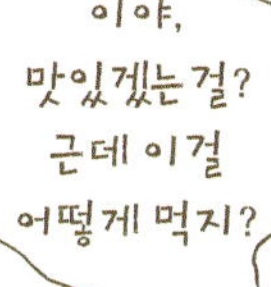

교과가 튼튼해지는

우리 것 우리 얘기

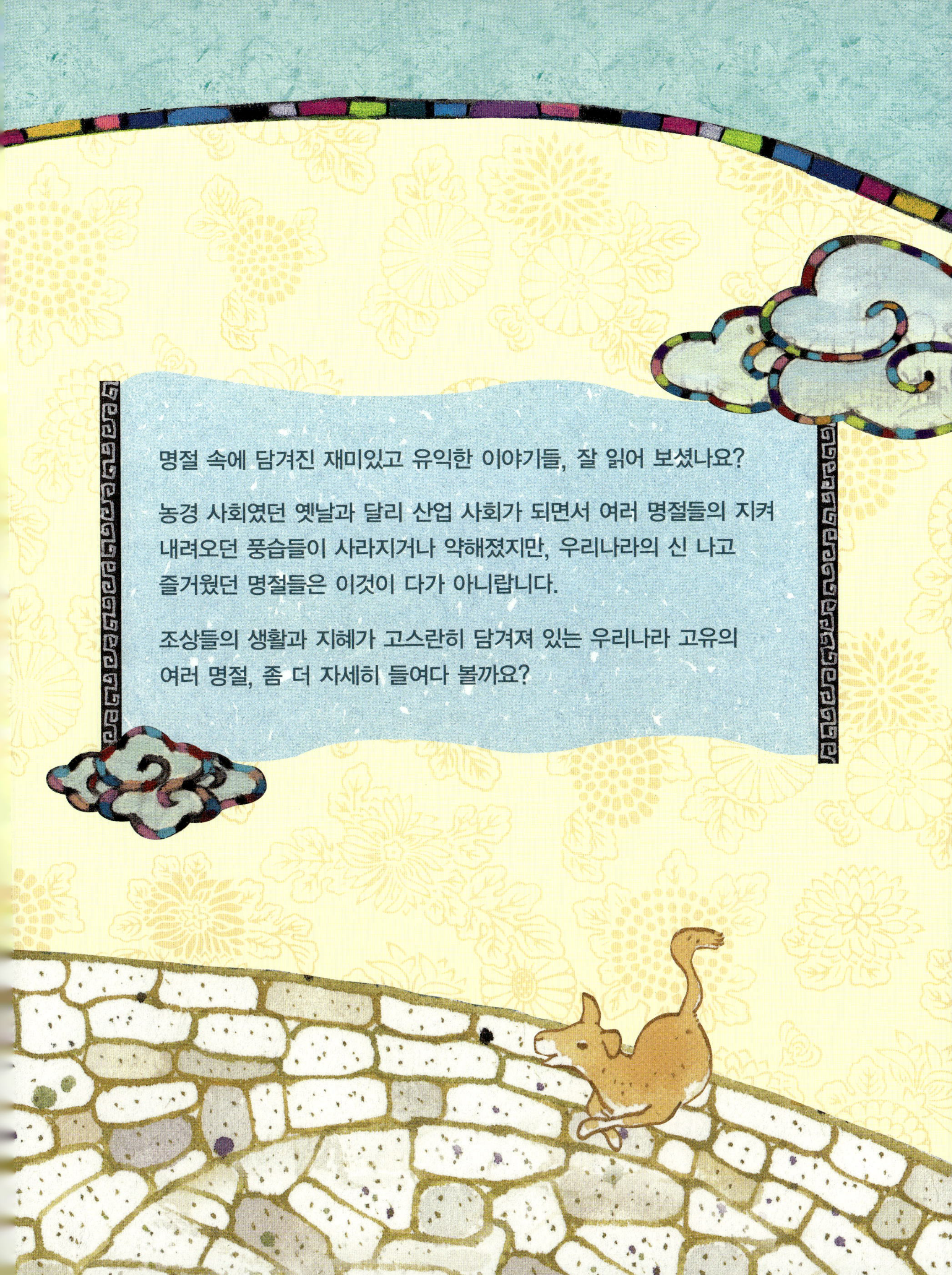

명절 속에 담겨진 재미있고 유익한 이야기들, 잘 읽어 보셨나요?

농경 사회였던 옛날과 달리 산업 사회가 되면서 여러 명절들의 지켜 내려오던 풍습들이 사라지거나 약해졌지만, 우리나라의 신 나고 즐거웠던 명절들은 이것이 다가 아니랍니다.

조상들의 생활과 지혜가 고스란히 담겨져 있는 우리나라 고유의 여러 명절, 좀 더 자세히 들여다 볼까요?

쏙쏙! 명절 속에 숨어 있는 과학 원리를 찾아요

명절은 참 즐거운 날이에요. 예쁜 옷에, 맛있는 음식에, 즐거운 놀이가 가득하거든요. 어디 그 뿐인가요. 우리 조상들의 지혜와 빛나는 전통문화도 고스란히 담겨 있지요. 그리고 또 한 가지! 소중한 과학 원리도 숨어 있답니다. 이 과학 원리를 찾다 보면 우리 조상들이 얼마나 과학적인 생활을 했는지 그 슬기로움에 또 한 번 감탄하게 될 거예요.

•설날 | 소원을 싣고 훨훨 날아라, 방패연

우리나라의 전통 연인 방패연의 한가운데에는 '방구멍'이라고 하는 큰 구멍이 있는데 연에 부딪힌 공기는 이 구멍을 통해 연 뒤로 나가서 연의 뒤쪽을 받쳐 주어 더 높이 날아오를 수 있게 해 준답니다.

•정월 대보름 | 마른 풀 태우는 쥐불놀이

언뜻 보면 단순한 놀이 같지만 깊은 뜻이 숨어 있어요. 농작물에 해를 끼치는 쥐를 잡고, 마른 풀에 붙은 해충과 해로운 벌레들을 태워 없애게 되니까요. 또 남은 재는 거름이 되어 다음 농사 때 곡식의 새싹을 잘 자라게 해 준답니다.

•한식 | 식목일과 겹치는 이유

한식은 동지로부터 105일째 되는 날로 보통 '청명'과 겹치거나 하루 정도의 차이가 나는 날이에요. 한식날이 되면 어김없이 농사짓기 딱 좋은 날씨로 변하게 되는데요. 양력으로는 4월 5~6일쯤 되는데, 나무를 심기에 딱 알맞은 날씨라서 식목일을 4월 5일로 정했다고 해요.

단오 | 건강을 지켜 주는 부채

단오에 선물하는 부채는 중국에서도 큰 인기를 끌 만큼 질기고 가벼웠어요. 대나무의 가볍고 부드러운 속살로 부채의 살을 만들고 그 위에 닥종이로 만든 한지를 붙여 만들었거든요. 얇고 가벼운 데다가 적당히 휘어지기 때문에 쉽게 시원한 바람을 만들어 내어 우리 조상들은 부채를 들고 다니면서 땀을 식히고 체온을 낮추어 건강하게 여름을 났답니다.

유두 | 술맛을 결정하는 누룩

밀가루를 잘 반죽해서 볏짚 등에 넣어 두면 효모와 누룩곰팡이가 가득 피는데요. 이 때 곰팡이와 효모뿐 아니라 여러 가지 미생물도 누룩 안에 함께 들어가 맛을 낸다고 해요. 그런데 이 양이 조금씩 달라서 누룩의 맛이 달라지는 거래요. 술을 담글 때 꼭 필요한 식품이랍니다.

칠석 | 우물 밑 숯의 비밀

장마가 끝나는 무렵인 칠석에는 온 마을 사람들이 모여 우물 청소를 했어요. 우물 밑에 숯을 깔고 그 위에 다시 자갈을 깔아 나쁜 물질을 걸러 내었는데요. 이때 숯은 더러운 먼지나 오염 물질, 나쁜 균 등을 막아 주어 지금의 정수기 같은 역할을 했답니다.

• 추석 | 송편의 비밀

송편을 찔 때 솔잎을 깔고 찌는 건 여러 의미가 있어요. 떡끼리 잘 달라붙지 않게 하려는 것도 있지만, 무엇보다도 솔잎에 들어 있는 살균 효과 때문이랍니다. 나무는 자기 몸을 보호하기 위해 살균 물질을 내뿜는데 소나무는 다른 나무의 10배나 강한 물질이 나오거든요. 그래서 솔잎을 깔고 떡을 찌면 떡이 잘 상하지 않는답니다.

• 중양절 | 무병장수를 도와주는 국화주

갑자기 날씨가 쌀쌀해지면 중풍과 같은 질병에 걸릴 가능성이 높아져요. 그런데 국화꽃에는 이러한 질병을 막는 성분들이 들어 있어서 장애를 예방 할 수 있어요. 또한 몸을 가볍게 해 주고 감기, 두통에도 효과적이랍니다.

• 동지 | 팥죽으로 일거양득

동지 때의 팥죽은 귀신을 쫓을 뿐 아니라 부족해지기 쉬운 영양분을 보충하는 훌륭한 보양식이기도 했어요. 팥에는 몸에 좋은 여러 가지 성분들이 가득 들어 있어서 빈혈, 변비 등에 걸리는 것을 막아 주거든요. 또한 염분 때문에 부은 몸의 붓기를 빼 주는 역할도 해 준답니다.

• 섣달 그믐 | 조왕신이 사는 부엌의 부뚜막

부엌의 부뚜막은 부엌의 신인 조왕신이 살고 있는 신성한 곳이면서 우리 전통 가옥에만 있는 소중한 곳에요. 부뚜막은 솥을 거는 곳인데 그 아래에는 불을 때는 아궁이가 있어요. 이곳에 불을 때면 부뚜막에 걸어 놓은 솥도 끓이면서 방의 구들도 함께 덥힐 수 있었어요. 그러니까 음식을 하면서 난방도 함께 하는 참 똑똑한 장치랍니다.

한눈에 펼쳐보는 열두 달 우리 명절

〈오십 빛깔 우리 것 우리 얘기〉 시리즈
권별 교과 연계표

국 국어　사 사회　과 과학　도 도덕　음 음악　미 미술
체 체육　실 실과　바 바른 생활　슬 슬기로운 생활　즐 즐거운 생활

- 신 나는 열두 달 명절 이야기　국 3-2　사 3-1　사 3-2　사 4-1
- 관혼상제, 재미있는 옛날 풍습　국 1-2　국 4-1　사 3-2　사 5-2
- 조상들은 어떤 도구를 썼을까　국 2-2　사 3-1　사 5-1　사 5-2
- 옛날엔 이런 직업이 있었대요　국 5-1　국 6-2　사 3-1　사 4-2
- 꼭 가 보고 싶은 역사 유적지　국 4-1　국 4-2　사 6-1　사 6-2
- 신토불이 우리 음식　국 3-1　사 3-1　사 5-1　사 6-2
- 어깨동무 즐거운 우리 놀이　국 4-1　사 5-2　체 4　즐 1-2
- 나라를 다스린 법, 백성을 위한 제도　사 3-2　사 4-1　사 6-1　사 6-2
- 하늘을 감동시킨 효자 이야기　도 3-1　도 5　바 1-1　바 2-2
- 오천 년 지혜 담긴 건물 이야기　국 4-1　국 4-2　사 5-1　사 5-2
- 하늘이 내린 시조 임금님들　사 5-1　바 2-2
- 세계가 놀란 발명 이야기　국 3-1　국 5-2　사 3-1　사 5-2
- 나라의 자랑 국보 이야기　국 4-1　국 5-2　사 5-1　바 2-2
- 나라를 지킨 호랑이 장군들　국 4-2　국 6-1　사 6-1　바 2-2
- 얼쑤, 흥겨운 가락 신 나는 춤　국 6-1　국 6-2　사 3-1　음 3
- 오천 년 우리 도읍지　국 4-1　사 5-2　사 6-1
- 옛날 관청과 공공시설　사 3-1　사 3-2　사 6-1　사 6-2
- 옛사람들의 우정 이야기　국 4-1　국 6-2　도 3-1　바 1-1
- 빛나는 보물 우리 사찰　국 4-1　사 6-2　바 2-2
- 아름다운 독도와 우리 섬　국 2-1　국 4-1　국 5-2　사 4-1
- 본받아야 할 우리 예절　국 3-2　도 4-1　바 2-1　바 2-2

- 놀라운 발견, 생활의 지혜   국 2-1 국 2-2 사 3-1 사 5-1
- 옛사람들의 교통과 통신   사 3-2 사 4-1 사 5-2
- 머리에 쏙쏙 선조들의 공부법   국 4-1 국 4-2 국 6-2 도 3-1
- 우리 국토 수놓은 식물 이야기   국 1-1 국 5-1 과 4-2 바 1-2
- 큰 부자들의 경제 이야기   사 3-2 사 4-2 사 5-2 슬 2-2
- 생명의 보물 창고 우리 생태지   국 2-1 국 4-2 바 1-2 슬 1-1
- 우리가 지켜야 할 천연기념물   국 2-1 바 2-2
- 안녕, 꾸러기 친구 도깨비야   국 2-2 국 3-1 국 4-1 사 5-2
- 오천 년 우리 강 이야기   사 3-2 사 6-1
- 교과서 속 우리 고전   국 3-1 국 4-2 국 5-1 국 6-2
- 알쏭달쏭, 열두 가지 띠 이야기   국 3-1 사 3-2 사 5-2 사 6-1
- 빛나는 솜씨, 뛰어난 재주꾼들   국 4-2 사 6-1 음 4 미 3, 4
- 수수께끼를 간직한 자연과 문화   국 4-1 사 5-2 바 2-2
- 천하제일 자린고비   국 6-2 사 4-2 도 5 실 5
- 민족의 영웅 독립운동가   국 6-2 사 6-1 바 2-2
- 우리 조상들의 신앙 생활   국 5-2 사 3-2 사 5-2 사 6-1
- 정다운 우리나라 동물 이야기   국 2-1 국 2-2 국 6-1 과 3-2
- 멋스러운 우리 옛 그림   국 4-2 사 6-1 미 3, 4 미 5
- 전설따라 팔도명산   국 2-1 국 2-2
- 방방곡곡 우리 특산물   사 3-1 사 4-1 사 5-2
- 아름다운 궁궐 이야기   국 4-1 사 6-1 미 5 바 2-2
- 역사를 빛낸 여자의 힘   사 6-1 바 2-2
- 신명 나는 우리 축제   사 3-1 사 4-1
- 우리가 알아야 할 북한 문화재   사 5-2 사 6-1 바 2-2
- 봄, 여름, 가을, 겨울 24절기   사 5-1 사 6-1 과 6-2 슬 6-2
- 나누는 즐거움 우리 공동체   도 4-1 바 2-2
- 이야기가 술술 우리 신화   국 1-2 국 6-2 사 3-2 사 5-2
- 흥겨운 옛시조 우리 노래   국 6-2 사 5-2 음 3 음 6
- 조상들의 지혜, 전통 의학   국 5-1 국 6-2

오십 빛깔 우리 것 우리 얘기 1

신 나는 열두 달 명절 이야기

초판 1쇄 인쇄 | 2010년 11월 15일
초판 19쇄 발행 | 2023년 11월 25일

글쓴이 | 우리누리
그린이 | 김병하

발행인 | 박장희
부문대표 | 정철근
제작총괄 | 이정아
편집장 | 조한별

디자인 | SU

발행처 | 중앙일보에스(주)
주소 | (03909) 서울시 마포구 상암산로 48-6
등록 | 2008년 1월 25일 제2014-000178호
문의 | jbooks@joongang.co.kr
홈페이지 | jbooks.joins.com
네이버 포스트 | post.naver.com/joongangbooks
인스타그램 | @j__books

ⓒ 우리누리 2010

ISBN 978-89-278-0093-4 14800
        978-89-278-0092-7 14800(세트)